每個午夜都住著一個

說故事 X

荒山妖塚

童亮 著

寫在前面的話——

傳說人死之後化為鬼。

鬼者，歸也，其精氣歸於天，肉歸於地，血歸於水，脈歸於澤，聲歸於雷，動作歸於風，眼歸於日月，骨歸於木，筋歸於山，齒歸於石，油膏歸於露，毛髮歸於草，呼吸之氣化為亡靈而歸於幽冥之間（出於《道經》）。

可見，「鬼」這個字的初始意義，已經與我們現在所理解的相去甚遠了。這本書，講述的雖然是詭異故事，但實際上是想將這個字引回原有的意義上——一切有始，一切也有「歸」。好人好事，自有好報；惡人惡行，自有惡懲。

目錄

Contents

清明時節的夜路，一個撿紙錢的姑娘，一場露水的姻緣，一段人鬼之戀，究竟是幸還是不幸？

很多人在抱怨心愛的人時，總喜歡說「我真是上輩子欠了你的」。既然欠下了，就要去還，「欠命還命，欠錢還錢」。可是，來向你討債的不是人，也不是鬼，而是一隻想吃人奶的豬崽，你會怎麼辦？

半仙捉鬼，惹了人命官司，這是人為，還是冥冥中的註定……

午夜零點，驚悚繼續。

撿紙錢

1

大多數宿舍已經熄燈，少數宿舍的燈像星星一樣懸在夜空。又到零點時刻。

離奇的故事又開始了……

我給月季澆過淘米水後，爺爺告訴了我他不去找張九的父親求情的原因。

「我年輕的時候，你姥爹遇到過同樣的事情，但是釀成了一個悲劇。」爺爺開頭是這麼說的。我的心裡頓時一涼。

那是很久以前的事了——姥爹的哥哥中了舉人卻又血崩而死後第三年的一個春天。一個原來跟姥爹的哥哥一同讀過私塾的男子找來，說是要姥爹看在與其兄弟同窗的份上，幫他一個小小的忙。

姥爹問他要幫什麼忙。他說要姥爹幫他收一個野鬼到家裡來。

姥爹聽他這麼一說，心生奇怪，從來只有人將遊蕩在外面的親人的魂魄收回來，哪裡見過要將孤魂野鬼收到自己家來的？這個還不是問題，問題是親人的魂魄認識回家的路，要收回來比較容易；但如果收的是孤魂野鬼的話，那就危險很多。孤魂野鬼願意的話，那還算好，只是收魂的人走路慢一點，腳步輕一點；如果它不是心甘情願的話，那就可能威脅到收魂人的生命，更威脅到鬼魂進屋的那家人。

姥爹不敢輕易答應，但是礙於那人跟哥哥同窗的份上，卻又不好拒絕。於是，姥爹問明那人要收野鬼的緣由。

那人道，半年前的一個傍晚，他在朋友家裡喝了幾兩白酒出來，搖搖晃晃地往回家的路上走。走了不多久，他突然聽見背後有姑娘的咯咯笑聲。那時既沒有路燈也沒有手電筒，世道也不太平，鄉村裡的姑娘是不敢在這個時候出來玩耍的。所以他的心裡有些疑慮。

因為天色很暗了，能見度不高，他就沒有太在意，猜測是不遠的地方有人家，而自己看不見。再者，暈頭暈腦的他連走路都不太穩，更沒有心思去想太多了。

他走了大概一里多遠，又聽見背後有姑娘咯咯的笑聲。這時，他就有些懷疑了，因為路的兩邊都是山，沒有人家住在這裡。如果誰家的姑娘敢在天暗的時候獨自走到這裡來，那真是吃了熊心豹子膽。

不過他還是不理那個笑聲，仍舊低了頭走路。這時路也模糊得只剩一條白色，根本看不清哪裡凹、哪裡凸了。估計再晚一點，他就找不到回家的路，要在露天的草地裡躺一晚上了。

雖然心裡急著趕回家去，但是那個姑娘的笑聲卻如一根不棄不捨的稻草，總在他心裡最癢的地方撓。

又走了半里多路，他終於走到靠近老河的大道上了，遠遠地能看見畫眉村裡的星星點點的燈光。胃裡的酒如一團火，燎著他的神經。這時，他再次聽見了姑娘咯咯的笑聲。此時他聽來覺得那姑娘似乎在嘲笑他膽小。

他忍不住回過頭來，看見一個二十歲上下的漂亮姑娘正蹲在地上撿錢。他連忙將手伸進口袋裡，他的錢還在。他吐了一口氣，幸虧不是自己的錢掉了。不過他又懷疑：是誰這麼有錢，順著這條路一直丟過來？

那個姑娘根本沒心思抬起頭來看看這個喝得醉醺醺的人一眼，只是全神貫注地撿著地上的錢。她彷彿努力抑制著不要讓自己笑出聲來，但是佔了如此大的便宜，卻使她時而忍不住咧開嘴笑出聲。咯咯的聲音傳入站在她前面的人的耳朵裡。而站在她前面的那個人，眼神漸漸變得異樣。

此時，他的酒醒了一些，但是酒精的後勁仍不斷衝刺著他的神經，令他想入非非。

那個姑娘一邊彎腰撿錢，一邊往前移動，漸漸地向他這邊靠了過來。那腰肢扭動得如春風拂動的小柳樹，那秀髮飄動得如農家婦女在洗衣池塘裡洗滌的海帶。微風剛好從她那邊向他這邊吹來，迷人的體香中似乎還帶著點點酒香。在他的眼裡，那個姑娘穿著的緊身小紅襖如同花生米的紅包衣，他心中燃起一陣熱火，手指癢癢的想伸過去將花生米的紅包衣剝開來，看一看裡面的花生仁是不是白皙可口。這就更加勾起了他的酒勁。

而那個姑娘全然不顧前面還有人在，兀自撿著地上的錢。

他看著這個姑娘一點一點地靠近自己，他們之間的距離越短，他體內的熱火就燃燒得越旺。

那個姑娘一直撿到了他的腳下，撞到了他的膝蓋。

「哎喲，對不起，對不起。」那個姑娘連忙道歉。

頭腦還有些暈乎的他站立不住，被她撞倒在地。那個姑娘將撿到的錢往腰兜裡一揣，伸出手要拉他起來。他碰觸到姑娘的手，涼津津的。他已經無法抑制體內的衝動，順勢將那個姑娘撲倒在地，將她的緊身小紅襖剝開來……

第二天的早晨，路邊小樹上的露水輕輕悄悄地滴落在他的額頭，他這才緩緩醒了過來。他想起了昨晚在這裡發生過的事情，臉上立即騰起一股燥熱。恢復清醒的他馬上想到了禮義廉恥。他慌忙看了看四周，不見那位姑娘的蹤影，低頭看了看自己的衣服，卻是褲帶緊束，衣釦緊扣，似乎昨晚不過是轉瞬即逝的春夢一場。

他緩緩地站了起來。老河旁邊的田地裡已經有了勤勞的農人忙著農活，但是沒有人注意到這裡還睡著一個人。懶洋洋的陽光灑在他的睫毛上，讓他分不清到底昨晚是作夢，還是現在是作夢。但是老河裡潺潺的流水聲似乎告訴著他：現在才是真實的。

他打了一個哈欠，昨晚倒進肚裡的酒水和下酒菜，此時從胃裡發出一股糜爛的臭味。他連忙用手在嘴邊搧動。

手剛搧動兩下，突然停住了。

在他腳踏的這條道路上，稀稀落落地撒著送葬用的圓形紙錢！

2

雖然被嚇得魂飛魄散，但是他不敢聲張，急忙回到家裡假裝什麼事情也沒有發生過，一連數日都不敢出門走夜路。以往他經常跟酒友喝到夕陽西下才搖搖晃晃地回來，自從那次之後，他連陰天都不敢出門。

可是如此數日之後，卻也沒有發生什麼事情。

他想不出那個被他冒犯的姑娘為什麼不來找他算帳。她不來找他，他倒有些想念她了。每次白天在烈日下經過原來那條路的時候，他都忍不住要停下來，趁著無人的時候偷偷察看四周，希望能找到那個姑娘的蛛絲馬跡。這自然是徒勞。

就這樣，在既擔心又想念的日子裡度過了一個冬天又一個春天，直到來年的清明節。

「清明節？」我問道。相信所有的中國人對清明節都有所瞭解，但每個人對清明節的瞭解各不相同。有的瞭解為掃墓的節日，有的瞭解為踏青好時節，有的瞭解為與七月半和十月朔並列的三大鬼節之一。

既然爺爺講的是這個故事，那麼我自然而然要將清明與鬼節聯繫在一起了，並且暗暗覺得那個要請姥爹收野鬼的人在這一天要遇到什麼事情。

談到清明節，自然避不開歷史人物介子推。據歷史記載，在兩千多年以前的春秋時代，晉國公子重耳逃亡在外，生活艱苦，跟隨他的介子推不惜從自己的腿上割下一塊肉讓他充飢。後來，重耳回到晉國，做了國君（即晉文公，春秋五霸之一），大肆封賞所有跟隨他流亡在外的隨從，唯獨介子推拒絕接受封賞，他帶了母親隱居綿山，不肯出來。晉文公無計可施，只好放火燒山，他想，介子推孝順母親，一定會帶著老母出來。誰知這場大火卻把介子推母子燒死了。為了紀念介子推，晉文公下令每年的這一天，禁止生火，家家戶戶只能吃生冷的食物，這就是寒食節的由來。

寒食節是在清明節的前一天，古人常把寒食節的活動延續到清明。久而久之，人們便將寒食與清明合二為一。現在，清明節取代了寒食節，拜紀念介子推的習俗，也變成清明掃墓的習俗了。

這是我對清明節由來的理解，也是學校老師告訴我們的解釋。

不過爺爺告訴我說，這只是清明節由來的一種說法，還有另一種說法卻是常人少知的。但是聽爺爺說過之後，卻覺得第二種說法更是合情合理。

爺爺說，古人有迎接春天的習俗，農曆三月初的天氣正好是春意盎然的時候，適合人們開展各類活動，包括踏青出遊，乃至「野合」。所以春季最主要的節日也在這個時候。早期的清明節並沒有祭掃的習俗，清明節的活動內容與三月初的其他節日是相同的。

清明是二十四節氣之一，二十四節氣是根據太陽曆制訂的曆法，本身並非節日。清明恰好在農曆的三月初，正好和古代春天的節日上巳節、寒食節重疊，久而久之清明也成為春季節日的一部分。

現今，上巳節已經從中國人的節日譜中消失了，但過去它曾是一年中最重要的節日之一。漢朝以前訂為三月上旬的巳日，後來則固定為農曆三月三那天。據記載，春秋時期上巳節已經開始流行。《論語》中所說的「暮春者，春服既成，冠者五六人，童子六七人，浴乎七沂，風乎舞雩，詠而歸」寫的就是當時的情形。

最早的時候，上巳節那天人們會去踏青郊遊，到河邊洗澡。另外，這天也有「驅邪」的功能，古人稱為「祓除畔浴」。在上古時期，節日的作用就是驅邪避災，譬如「重陽節登高」，實際的原因是為了躲避山下的瘟疫，「祓除畔浴」也是這個道理。

上巳節也有求偶交配的功能，《詩經》裡所說的「維士與女，伊其相謔，贈之以芍藥」也是發生在這段時間，這樣的傳統一直影響到唐宋，杜甫《麗人行》中就有「三月三日天氣新，長安水邊多麗人」的句子。不過，後來隨著社會趨向文明，野合的主題被替換為求子，上巳節後來形成了祭奠女媧廟、婦女們在河邊求子的風俗。

「清明還有野合的含意？」我是第一次聽到這種說法。不過我不得不相信爺爺，他對古事的瞭解比任何一個教過我國文課的老師都要深得多。

「嗯！」爺爺點頭道，「就像竹葉青找張九的時候總是選擇傍晚或者陰雨天，鬼找人的時候也會選日子呢！那個被他冒犯的姑娘就選了這麼一個時候。」

「難道不只是他想念著那個姑娘，那個姑娘也惦記著他嗎？」我問道。

爺爺呵呵笑道：「你已經成年了，我也就不避諱跟你說這些了。你想想，如果那個姑娘不情願的話，她能讓一個喝醉的人去侵犯她嗎？」

我心中感嘆道，難道這就叫做郎有情、妾有意？

那個人對姥爹說，那次清明，他去了母親的墳墓上掃墓，發現墓邊長了一棵小槐樹。由於去掃墓之前沒有帶任何挖掘工具，他費盡了九牛二虎之力才將小槐樹從泥土裡連根拔出。等他做完這些，天色就已暗下來了。

回家的路上，必須經過曾經遇到那個姑娘的地方。

因為事隔半年多了，他已經沒有原來那麼害怕，一種莫名的希冀反而如荒草一般見風就長。

他不知道母親的墳前長槐樹是吉兆還是凶兆，所以拔掉的小槐樹也不敢隨便扔掉，只好提著帶泥的小槐樹回來。

當走到去年在這裡留下詭異記憶的地方，他提著小槐樹站了一會兒。他左顧右盼，似乎要等某個人來約會；又似乎害怕遇到某人，只要見那人出來，自己立即拔腿就跑。

3

在他站著的那條路上，到處撒落著各種紙錢，那是掃墓的人們一路遺落下來的。雖然是春季，但是微風拂起地上的紙錢，如秋風捲殘葉，讓他感覺到一陣陣秋涼。他不禁縮了縮肩膀。

就在他提起衣領遮擋鑽進脖子的涼風時，一陣沙沙的聲音響起。

那個姑娘出現了。她蹲著，如去年那樣去撿地上的紙錢。只不過她的臉色沒有去年那樣的喜色，更沒有發出咯咯的笑聲。她的臉明顯憔悴了，頭髮如被秋風吹過的枯草一般。她一如既往沒有發現前面的行人，兀自撿著紙錢，全神貫注。

他的身子搖晃了一下，彷彿是被風吹動的。

「妳……」他指著那個姑娘，嗓子癢癢的。

那個姑娘聽到他的聲音，先是愣了一下，在地上呆了片刻，然後緩緩地抬起頭來。如果說蒼白的臉、枯萎的頭髮、笨拙的表情都顯示著她的憔悴的話，那麼那雙眼睛卻是比洞庭湖的水還要波光粼粼，比石井中的水還要清澈，比老河裡的水還要流動婉轉。

那個姑娘面無表情，彷彿看著一個從來都沒有見過面的人。他被姑娘的表情嚇壞了，活生生把「妳」字後面的話嚥進了肚子裡。怎麼了？她不記得自己了啊？不會的，她怎麼會不記得自己呢？可是看那表情，確實不記得自己。難道，難道，難道她是恨著自己的？忽然見到了自己才使她有著這樣的表情嗎？這是見了深仇大恨的人才表露的表情嗎？他猜不透那張絕美的憔悴的臉。

那張如缺少澆灌的牡丹花一樣的臉。

讓他沉迷於她的美麗，卻又疼惜於她的憔悴。他的心如同被刺了一刀，有一種空洞的痛。他下意識地抬起手，捂住了胸口。

那個姑娘看了他半天，僵硬的表情突然如河面的冰遇到了溫暖的春風，居然出現了一絲不易察覺的融動。她的臉上出現了輕微的抽搐。

他仍呆呆地站著，呆呆地看著這位姑娘。怎麼了？她的臉上即將出現什麼表情呢？憤怒？扭曲？破口大罵？是的，去年就是他，就是他趁著酒勁侵犯了未設防的她。那麼，現在正好是她報復的機會。她一定不會放過這種絕好的機會。她會怎樣？會找我拼死拼活？會拖著我去告訴村裡人，還是會和我對簿公堂？

不，不，不。她可不是人。她是鬼。

那麼，她會不會拉著我去陰曹地府？去閻羅王面前申冤？閻羅王會不會氣得吹鬍子瞪眼，在我的陽壽簿上除去十多年陽壽？或者更多？

他感覺自己就是一個等在一朵南瓜花前面的農民，他不知道這朵好看的南瓜花即將結成一個長著好看的斑紋的果實，還是成為一朵毫無希望的啞花。

他頓時想起了村裡的一個漂亮姑娘給南瓜花授粉的情景，那個漂亮姑娘小心翼翼地摘下雄花，然後將雄花的花蕊小心翼翼地捅入雌花的花蕊裡。他知道的，花瓣下面有膨起物的是雌花，否則就是雄花。這樣一個奇妙而令人浮想的授粉過程就在那位漂亮村姑的蔥根手下完成的。在她的菜園邊經過的他打趣道，妳這是在幹什麼呢？光天化日之下，一個漂亮姑娘居然做出這樣的事情來，不怕人笑話嗎？

那個村姑臭著臉罵他，拿起園裡趕雞、鴨的竹棍子將他趕走。

當著這個詭異的撿錢姑娘，他的腦袋裡居然一再浮現村姑手中那個雄花的花柱不停地摩擦雌花的情景，甚至彷彿清清楚楚看見了那一顆顆的花粉落入雌花的花蕊。

那個姑娘臉上的表情終於完全化解，嘴角掀動，居然扯出一絲讓他驚奇不已的笑容來！

「你沒有忘記我啊？」她輕輕怯怯地問道，彷彿是一個獨守空房多年等著曾經路過並且發生了秘事的姑娘。他讀過無數個關於文人的風流韻事，自己雖然讀過些許私塾，並不敢自稱為文人，但是他未嘗不期待著同樣的美事發生。

聽了姑娘的問話，他頓時渾身鬆懈下來。之前的所有猜想都隨著微風而逝。他搖了搖頭，輕聲回答道：「當然沒有，一天也不曾忘記過。」

那個姑娘低了頭，咯咯笑起來，所有的憔悴頓時消失不見，嬌羞如一個新婚之夜的披著紅蓋頭的女人。

他本來還有些顧忌，但聽到姑娘咯咯的笑聲，立即把持不住，丟下了手中的小槐樹，撲向嬌羞的姑娘。這天他沒有喝過一口酒，但是去年的那種酒香隱隱約約在鼻前掠過。如果說之前是酒意的慫恿，之後的夢中是生理的衝動，那麼此刻他就是兩種鼓動的集合。他像一頭剛剛擺脫束縛的野獸，已經完全控制不住在心中燃燒許久但是一直沒有燃燒充分的熱火。他身子底下的那個人沒有拒絕，只有激烈的迎合。

他想起了《詩經》中的「維士與女，伊其相謔，贈之以芍藥」，他想起了「野有死麕，白茅包之。有女懷春，起士誘之。林有樸樕，野有死鹿。白茅純束，有女如玉。舒而脫脫兮！無感我帨兮！無使尨也吠」。他想起了更多……

在身體裡的熱火劇烈燃燒一次之後，他沉沉地睡去了……

第二天醒來，跟去年的那個早晨沒有任何區別，甚至陽光也是同樣懶洋洋的，不同的是，他的身邊多了一棵倒著的小槐樹。

他沒有像上次那樣偷偷溜回家，而是從草叢裡找出一個破瓦片，就地挖了一個坑，將那棵小槐樹種在昨晚他們交合的地方。他從老河裡捧了一些水澆在翻動的泥土上，然後用腳踏緊。

4

清明果然是適合野合的時節，清明更是適合種植的時節。他不禁這樣感嘆道。

小槐樹在新的地方展現一派生機，很快就長得枝繁葉茂。

自從在那裡種上小槐樹以後，他幾乎每天晚上都去那裡，站在小槐樹旁邊等待。果然不出所料，他時而能碰到那個撿錢的姑娘，自然又少不了一番翻雲覆雨。

時間久了，那個姑娘便問他道：「怎麼我每次來這裡你都在啊？是不是我們心有靈犀？」

他回答道：「哪裡！我是每天都來，只能隔三差五地碰到妳一兩回。」

姑娘聽了，感動得掉下淚水來，抓住他的肩膀輕搖道：「你怎麼這麼傻呢？為了這點事，要你天天晚上在這裡等待！」

兩人自然免不了說一番貼心的情話，這裡暫且不表。只講那個姑娘告訴他一個秘密：「你以後不要天天來等，我會在逢七的日子到這裡來。其他時候我是不能出來的。以後你算好了日子過來就是了，免得影響了休息。」

他雖不懂為什麼這個姑娘要逢七才出來，但是從此以後，他每個月逢七、十四、十七、二十一、二十七、二十八，都到這棵小槐樹下與那個撿錢姑娘幽會。而那個姑娘每次都如約而至。

村裡人雖然發現這條路旁無緣無故多了一棵小槐樹，但是沒有人發現他與那個撿錢姑娘的事。

事情一直延續到那個人來找姥爹。姥爹問道：「你們不是一直這樣的嗎？為什麼現在卻想要將野鬼引到家裡來呢？人鬼殊途，你們這一段情事也就罷了，怎麼可以真正地待一輩子呢？她既然願意跟你在槐樹下幽會，自然有著她的意思。」

那人不解道：「她有什麼意思？」

姥爹解釋道：「槐樹葉子為縮縊呈串珠狀，縮縊處很細。是吧？槐樹莢角縮存樹上，一旦遇到降雨，縮縊處受雨水浸濕就會斷裂落下，果皮被浸泡腐爛而露出種子，把樹蔭下的地面染成暗綠色。同時，槐樹容易遭受蚜蟲的危害，蚜蟲分泌物落到地面也會把地面染成黑色，槐蔭下因此常常呈黑色。暗綠色和黑色，都具有晦暗之意。所以，槐樹一名源自『晦暗』。知道了吧？」

「晦暗？」那人驚問道。

「看來她是怕別人知道你與她之間的事情，但是有了槐樹之後，她與槐樹同是晦暗之物，可以藉槐樹的晦暗隱藏自己的蹤跡，讓常人不能發覺。」姥爹道，「我以前經過你說的那條道路時，也曾懷疑過那裡存在蹊蹺，但是終究沒有掛在心上。看來她的心機縝密，藉著槐樹隱藏了她存在的痕跡。」

「原來如此啊！」

姥爹又道：「槐字與晦字讀音相近，槐樹就是晦樹。不過呢，這裡還有另一層意思。槐，就是望懷的意思，人站在槐樹下懷念遠方來人。這是她對你表達愛慕和想念的方式。」

那人狠拍自己的腦袋，自責道：「原來她花了這麼多心思啊！可恨我自認為讀了不少書，卻像個白癡似的沒有明白她的用心！如果是這樣的話，那我更應該將她邀請到家裡來，像正常的妻子一樣對待她。甚至可以跟她一起談論學問呢！」

姥爹嘆道：「雖然她要逢七才能出來，要藉槐樹才能隱藏行蹤，但是她畢竟是鬼，陰氣很重。你跟她隔一段時間見一次面還好，若要是天天夜夜待在一起，恐怕會影響你自己的身體。你可要想清楚了。」

那人大大咧咧揮手道：「怕什麼！我早就知道她是鬼類了，要是害怕，早就不跟她在一起了。你就不用多給我操閒心啦！幫幫忙，將她收到我家裡來吧！」

「那你以後不娶妻子了？」姥爹提醒道，「如果你把她收進家裡了，一旦以後你要再娶媳婦的話，那還得先將她趕出去。那樣就可能造成一個冤鬼了。鬼的冤氣大了，那就很難對付。你要想仔細、想明白了。」

那人稍一尋思，斬釘截鐵道：「我想仔細、想明白了，收她進我家來！」

就這樣，姥爹只好幫忙將那女鬼收進他家。

姥爹請了文天村的做靈屋的人紮了一個紙人。當然了，那時做靈屋的人是我認識的老者的父親。然後，按照那人的描述，將紙人畫上女人的鼻子、嘴巴、眼睛等。那人還特意請人做了一件不厚不薄的小紅襖給紙人穿上。

到了他與女鬼約好的逢七的日子，姥爹帶著紙人，他牽著一根紅線，從畫眉村往老河那邊走。他手裡的紅線一頭繫在門閂上，從門口一直拉到小槐樹那裡。頭一天他就跟村裡的小孩子們打好了招呼，叫小孩子們當晚不要調皮，不要亂撞亂跑弄斷了紅線。每人得到幾顆糖的小孩子們當晚都乖乖地繞開那條紅線。

村裡的大人們經過那條紅線的時候要嘛抬高腳跨過去，要嘛低了身子鑽過去。一個村子就被這麼一根經不起外力的紅線分割成兩個部分。

姥爹將紙人靠著小槐樹放下，叫他將紅線繫在小槐樹的主幹上。他照辦了。

等天色暗了下來，姥爹又將紙人和紅線檢查了一遍，然後跟他一起耐心地等待那個一邊撿錢一邊咯咯發笑的姑娘出現。

月上樹梢，雲像黑紗巾一樣從天空掠過。姥爹掐算了一下，將紙人扶了起來，用手輕輕彈了一彈不鬆不緊的紅線。

「她來了。」那人推了推似乎是漫不經心的姥爹，聲音有幾分緊張，有幾分驚喜。

咯咯一聲笑，那個姑娘影影綽綽地出現了。她漸漸向這邊走來，越來越清晰。她如同從一幅沾滿了灰塵古畫中走出，帶著幾分香豔，卻也帶著幾分泥味。

5

當看見熟悉的男人身邊還有其他人時，她吃了一驚，慌忙轉身要走。那個男人連忙衝上去拉住她的手，解釋緣由。

姥爹一個人站在小槐樹下看著他們倆拉拉扯扯，一個要走，一個不讓。這樣糾纏了好些時辰，終於看見那個姑娘半推半就地跟著他走了過來。看來他終於說服了那個姑娘。

那個男人笑嘻嘻道：「好了。您開始作法吧！」

姥爹瞅了那女鬼一眼，一本正經道：「姑娘，我從來都是幫人不幫鬼的。這次破例是因為他跟我兄弟的交情。你既然進了村子，就要安守本分，不要做出造孽的事來。妳可聽清楚了？」

那個男人連忙幫腔道：「她絕對不會做出對村裡人不利的事情來。我跟她這麼些日子了，從未見她做過什麼害人的事。您就放心吧！」那個女鬼在他身後連連點頭，一副楚楚可憐的乖模樣。男人說完，她急忙小雞啄米似的點頭。

姥爹將紙人扶起來，對女鬼道：「妳走到紙人這裡來。」

女鬼顯然還有些猶豫，側頭看了看那個男人，怯怯道：「要不算了吧，我們還是像原來的那樣在這裡約會吧！」看她表情如小孩子害怕打針一般。

那個男人則像家長一般勸慰道：「沒事的。妳聽從他的吩咐，很快就會好的。他的法術很高深，是我們村裡出了名的人物呢！我聽他說了，這個紙人只是妳暫時借用的身體，是收住妳魂魄的軀殼。進了我的家，這個紙人就不用了。放心吧！」

女鬼聽他這麼說了一番，才緩緩邁開步子朝紙人走去。

姥爹見那女鬼漸漸融入紙人內，立即輕喝了一聲：「走！」那個紙人就略顯猶豫地邁開了步子，像是大病初癒的人第一次下床活動似的。見紙人開始走了，姥爹叫男人一手牽著紙人的手，另一手握緊紅線。

「帶著她往你家裡走，記住捏住紅線的手不要鬆。」姥爹囑咐道。

爺爺雖然沒有告訴我當時的天氣，但是我能想像到，那一定是個陰風陣陣的晚上，天才黑不久，月亮不太圓，或者說瘦如彎弓，也沒有多少月光。穿著小紅襖的紙人跟一個面帶書生氣的男人手牽手，緩緩地朝紅線的另一端走，一如一對新婚夫婦踏著紅地毯朝禮堂行走。這對男女背後有另一個人小心翼翼地在旁照看，生怕紅線斷了，或者生怕新郎的手鬆開來，或者生怕紙人被夜露沾濕，破出兩三個大煞風景的洞來。

村裡的人都自覺地待在家裡，門外連隻亂吠叫的狗都沒有，家養的雞、鴨更是早早地回了籠。他們，還有牠們，似乎有意保持一種沉默的狀態。而路上行走的一活人、一紙人更是走得小心翼翼，如履薄冰，彷彿真走在冬末的冰塊上，也許下一步就「嘩啦」一聲，兩人連帶著所有的希望都陷進冰窟裡。

所幸的是，在姥爹的輔助下，他們倆沒有出一點意外。他們順利地走到了紅線的另一端。

姥爹待他們倆都將腳縮進門內，迅速關上門。就在這一瞬間，外面的狗開始吠叫了，雞開始咕咕咕地亂鳴了，而牆角、窗下的土蟈蟈開始聒噪了。那根紅線立即被從屋裡跳出來的小孩子弄斷了。

爺爺笑道：「那個你叫綿叔的，當時他家住在畫眉村的最外邊，那晚他就趴在窗戶看著你姥爹帶著那個男人和紙人慢慢地經過了他的窗前。弄斷紅線的也是他，他是畫眉村調皮出了名的人。你姥爹在世時還教訓過他呢！」

那個我叫為綿叔的人，其實是一個七、八十多歲的老人，但是論輩分，我媽媽都比他大好幾輩。他見了我媽媽都要叫曾姥姥，見了我也恭恭敬敬地叫童爺爺。我和媽媽都很不習慣一把年紀的他這樣叫我們，跟他說過很多次以後不要這樣稱呼。可是他是個很認真執行輩分的人，像頭倔驢一樣不肯改。後來爺爺出面說了，他才勉強答應折中的稱呼——讓媽媽叫他綿哥，而我自然叫他綿叔。

村裡的人早已放棄了古老的排字輩的稱呼，綿叔可算是畫眉村最後一個堅持這種不合時宜的稱呼的人了吧？不知道他這麼堅持字輩有什麼原因。

爺爺說，最正式的字輩應該是起源於宋朝。當年宋太祖趙匡胤，為其後代規定了十三個字輩，和自己的匡字一共十四個字，構成一副對聯「匡德唯從世令子，伯師希與孟由宜」。這是人們見到的最早的正式的字輩。一般情況下，字輩的形式、內容、含意等都比較單一，內容講的要嘛是修身、治國、平天下，要嘛就是後世子孫對祖宗前輩的尊敬、讚美與歌頌，要嘛就是祖宗前輩對後世子孫的鼓勵、期望與祝福。

畫眉村的字輩也是一副對聯，爺爺還要費很大的勁才能勉強說完全。到了媽媽這一輩，連第一個字是什麼都不知道了。綿叔每見一個跟馬家有血緣關係的人，總是一個人掰著手指算來算去。遇到比自己字輩小的，便哈哈大笑，強迫對方叫他爺爺或者祖宗什麼的；遇到比自己字輩大的，一定畢恭畢敬地尊稱對方。他樂此不疲。

「我說的情形還是你綿叔後來告訴我的呢！」爺爺說道。

姥爹進門之後，其他人就不知道他又做了些什麼。總之，第二天經過那個男人的房子時，經常能聽見他一個人在那裡自言自語。他似乎在跟什麼人說話，可是有意無意經過他家的人卻聽不到女聲回答他的話。

平平安安度過兩個月之後，他的家裡突然傳來一聲尖叫。發出尖叫的不是別人，正是他自己。

6

而姥爹似乎從收野鬼進屋的那個晚上開始，就一直等待著他尖叫的這一天到來。

爺爺說，那個男人發出尖叫的時間是在一個炎炎夏日的午後，各家各戶都剛剛吃完飯或者正在吃飯，許多小孩子剛躺上竹床準備睡午覺。蟬聲如一浪接一浪的潮水般在畫眉村的四面八方起起伏伏。

那天，姥爹吃完了午飯，卻反常地不立即躺上他的老式竹椅睡午覺。姥爹靜靜地坐在飯桌旁邊，一動也不動。當時姥爹的原配還健在，她早收拾好了飯桌上的殘羹冷飯，正蹲在廚房裡洗碗筷。她搓筷子發出的刷刷聲似乎是蟬聲的伴奏。

「馬辛桐！你幫我把那女鬼趕走吧！她給我生了一個沒有五官的孩子！」那個曾經央求姥爹收野鬼進家的男人再次央求姥爹道。

「我早跟你說過的，趕走比收進來要困難得多。」姥爹面無表情。

原來，那天下午女鬼為他生下了一個孩子，可是那個孩子的腦袋長得奇怪，沒有鼻子、眼睛、眉毛、耳朵等，如一個冬瓜長在脖子上。那聲尖叫，就是那個男人看見沒有五官的新生兒之後發出的。

「不行！她生了這樣一個孩子，叫我怎麼受得了？我恐怕從此天天晚上都要做噩夢了！求求你，你既然能把她收進來，就有辦法將她再趕走！求求你了！她是鬼呀，待在村裡難免是個隱患。要防患於未然哪！求你啦！」那人跪下來給姥爹作揖。姥爹慌忙上前扶他起來。

姥爹經不住那人的再三求勸，只好答應。

當晚，姥爹事先將一籮筐紙錢從那人的家門口一直撒到小槐樹下，然後叫那人手拿一把斧頭。

姥爹和那人等到天黑，又等到萬家燈火，再等待萬家燈火都熄滅，才遠遠地看見女鬼漸漸地走了過來，仍舊是一邊撿錢一邊咯咯地笑。姥爹自己聽了都於心不忍，但是身旁的男人一再督促他不要心軟，彷彿他才是局外人。

姥爹見女鬼越走越近，便拍了拍那男人的肩膀，吩咐道：「你等她走到槐樹底下來了，立即將這棵槐樹砍倒。什麼話也不用說，其他什麼動作也不要做，然後直接回家，關門睡覺。」姥爹說完，自己先低著頭走開了。

爺爺說，這是藉助了騙牛的方法。那個時候，閹雞匠、割豬匠、騸牛匠還到處可見。因為正常的公雞和公豬都不如閹割了的長得壯，而正常的公牛也不如騸了的做事專心，所以當時的農村裡保持著這種野蠻而有效的閹割辦法。

但是騸牛跟閹割雞和豬不一樣。為了徹底地讓牛死心塌地幹活，不再做其他非分之想，騸牛匠在割掉牛的生殖器官之後，還要當著牛的面，用大磅錘將那物什雜爛。這是比閹割更野蠻但是也更有效的方法。被這樣處理過的牛，從此老老實實耕田拖車拉磨，眼神變得空洞，見了母牛再也不會多情地「哞哞」叫喚。

那個男人不會不知道那棵小槐樹對他和女鬼來說意味著什麼，如果當著女鬼的面將小槐樹砍倒，女鬼必定明白男人的意思。

那個男人將小槐樹砍倒之後女鬼有什麼反應，姥爹沒有看到，綿叔也沒有看到，而男人自己也不願跟外面的人說，所以爺爺也無從知道。

爺爺知道的，是那個男人第二天就要將那個沒有五官的孩子丟掉。那天剛好一個不知名的乞丐經過，從男人手裡搶過那個孩子就跑了。男人出於本能，追了那個乞丐好遠，就在要捉到乞丐的時候，他停了下來，看著那個乞丐一溜煙跑掉了。

不久之後，那個男人又另外娶了一個遠地的女人，那個女人自然是不知道他的過去的。村裡人對那個遠地來的女人保持一種不約而同的沉默。後來那女人給他生下了一個兒子。

兒子養到能說話的時候，他才發現，他的兒子聽力、視力、嗅覺、味覺都差得要命。他媽媽每次叫他的名字都要敞開了嗓子拼命叫喊；斗大的毛筆字放在面前看不到；經常把酒當作白開水喝掉幾碗，然後昏昏糊糊地躺在地上睡覺；無論吃什麼東西都是一個味。

村裡人，還有他自己都冥冥之中能感覺到這個孩子是個報應，但是他們都不敢說出來。

這個孩子長到二十多歲就死了。然後他跟他妻子白髮人送黑髮人，哭得好不傷心。在給孩子送葬的路上，他忽然發現一個長著冬瓜一樣腦袋的人站在老河邊上朝送葬隊伍張望。他舉起一根竹竿就向老河岸邊衝過去。等他到了老河邊上，卻發現什麼東西也沒有。等他走回來，卻又看見了那個沒有五官的人。他再次衝到老河邊上去，那個人卻又消失了……

如此反覆數次，他終於狂叫一聲，從此變得瘋瘋癲癲。那個遠地嫁過來的女人簡單收拾了一番，跟村裡幾個熟人告別，回到遠方的娘家養老去了。

又過了幾年，那人的房子由於年久失修，在一個雷雨交加的夜裡倒塌了。那人在一堆斷壁殘垣裡結束了生命。

「難怪你不去張九家的。」我若有所思，也若有所失地說道。

爺爺淡然一笑，道：「故事還沒有結束呢！」

「還沒有結束？」我訝問道。

爺爺點頭，搓了搓手，道：「還沒有結束。由於那個人生前沒有留下什麼積蓄，也沒有子嗣，他的葬事就成了一個問題。那時已經開始兵荒馬亂了，村裡的人都沒有什麼餘積，誰也沒有足夠的錢給他舉辦葬禮。於是，村裡幾個老人聚在一起，討論出一個決定：全村的人湊錢起來給他買一塊地埋了算了。誰料第二天村裡就來了一夥人，都是強盜、土匪打扮。村裡人都嚇得不得了。誰知那夥人不搶別的，只為那個男人的屍體而來。」

「搶屍體？」

「對。搶屍體。」爺爺沉聲道，「那一幫土匪的頭目卻是長得奇怪，嘴巴沒紅唇，耳朵白得如刷了石灰粉，眼睛也沒有睫毛，鼻子像石頭一樣硬梆梆。村民們和土匪打起來的時候，有人打到了那個頭目的鼻子，自己的手卻撞得斷了一個指節。」

說到這裡，不用爺爺說明，我也大概知道了土匪的頭目是何人。

「後來土匪鳴了槍，村裡的人才一個都不敢動了。那幫人就將屍體搬走了。」爺爺道。

「然後呢？」我急忙問道。我想知道那個頭目將屍體搶走是何目的，是想將拋棄他的父親碎屍萬段呢？還是好好安葬？

「然後呀，然後村裡人就去孟家山去找土匪。那時就孟家山一塊盤踞著百來個土匪。那些土匪都是附近的莊稼人，他們是被強吏豪紳搶了種田的土地才跑到孟家山落草的。孟家山一帶還有他們的親戚，所以村裡人就找了跟土匪有親戚關係的人，問要多少贖金才可以把屍體贖回來。」爺爺道，「可是孟家山的土匪說，他們不曾搶過人家的屍體。」

「不是孟家山的土匪幹的？」

「不是他們幹的。他們說，我們搶錢、搶糧、搶人什麼都搶過，就是不曾搶過屍體。」爺爺道。

「那屍體到哪裡去了？」

爺爺搖了搖頭：「誰也不知道屍體到哪裡去了。一開始村裡還託人到處詢問，有沒有見過一對人馬從畫眉村出來，又朝哪個方向走了。可是毫無音訊。過了一段時間，人們就漸漸將這個事情擱下，再過了一段時間，就再也沒有人提起這件事了。」

湖南同學道：「我們很多人都曾為《倩女幽魂》中小倩和甯采臣的人鬼愛情故事感動過，但是現實生活中，始亂終棄的愛情故事數不勝數。」

恐嬰鬼

7

同一時刻，不同的夜晚。

湖南同學道：「我們很多人在抱怨心愛的人時，喜歡說『我真是上輩子欠了你的』。這句話算是半開玩笑半認真。但是如果上輩子真欠了誰的，可就……」他做了個鬼臉，開始講述接下來的詭異故事……

故事剛剛說完，就看見奶奶蹣跚地從外面走了過來。「哎喲，人家那孫媳婦長得真是俊囉。」奶奶一邊走一邊拍著巴掌讚美道。

走到了爺爺近旁，奶奶將手伸進衣兜裡摸索了半天，摸出幾顆糖果來，給爺爺幾顆，給我幾顆。奶奶笑道：「這是喜糖。人家孫媳婦又禮貌又賢慧，見了我就要喊我做乾娘。哎喲，那個聲音甜著哪！」

我和爺爺的糖果還沒來得及剝開，奶奶又將手伸進了衣兜裡摸索。爺爺打趣地問道：「莫非是還有糖果？」

奶奶不好意思地從衣兜裡掏出一個紙條來，諂笑道：「來，老伴，給我的乾女兒算個八字吧。這是她給我寫好的生辰八字。」

爺爺恍然大悟道：「原來她早就知道我會算命，才拜妳做乾娘又給妳喜糖的呀。那妳快點將這幾個糖果退回去。」爺爺一面說，一面假裝將剝開的糖衣重新包起來，作勢要塞回奶奶的衣兜。

奶奶著急道：「我答應過人家的，就是不吃糖果，你也得幫我給她算上一算！再說這糖果，你剝都剝開了，哪能重新包上還給人家？」奶奶忙將爺爺的手推開，急得直跺腳。

爺爺點頭道：「您說得對，答應了人家就一定要辦到嘛！您看看您自己，我明明答應了人家張九的事情，您偏偏不讓我去幫忙。現在人家肯定正在抱怨我說話不算話呢。」未等奶奶反駁，爺爺又道：「我知道，張九家離這裡遠，我一把老骨頭跑來跑去的肯定累。我知道您是為我好，但是畢竟答應了嘛！以後我少答應人家不就可以了？」

我在旁邊忍不住偷笑，爺爺像教育一個不懂事的小孩子一樣教育著奶奶的情形還真有幾分滑稽。我爸媽就不一樣了，爸爸脾氣暴躁，兩句話說得不順了，要嘛摔門出去，要嘛根本不聽，執意要按照自己的意思去辦事。

奶奶聽爺爺這麼一說，覺得自己確實做得有些過。於是，奶奶擔心地問道：「那怎麼辦？對呀，你答應了人家的。都怪我，肚裡都是直腸子，想什麼就說什麼。要不，亮仔陪你去張九家一趟，看看事情怎樣了？你一個人去我還不放心，叫亮仔一同去可以照看一下你，怕你摔跤。」

我見奶奶終於轉變了，立即拍著巴掌歡喜道：「好呀好呀！我們現在就去吧！再晚一點就沒有回來的時間了！」

爺爺搖頭道：「我剛才給你講的故事是不是白講了？我多餘地插手的話，也許會釀成另一場悲劇。還是那句話，這事情得靠張九自己。我頂多起一個旁敲側擊的作用。」

我愣了一下，問道：「你的意思是今天不要去了？」

「不去了。」爺爺道。

「怎麼可以不去呢？你不是答應了人家的嗎？」奶奶現在倒開始替爺爺著急了，「你幫我給新認的乾女兒算個八字了就可以去啊！要不……你先去張九家，回來了再看生辰八字也可以。」奶奶還掛念著幫人家的孫媳婦算八字。

「馬師傅怎麼還不來呢？可是即使他現在來了，還能救到我的竹葉青嗎？」張九在家裡急得團團轉。他知道，他每耽誤一分鐘、一秒鐘，竹葉青的生命危險就接近一分鐘、一秒鐘。那個蛇販子是絕對不可能返回到這間房子裡來，將那條綠色的竹葉青還給他的。而他的父親絕對不可能突然改變主意不將那條蛇賣出去。更要命的是，苦苦等待的馬師傅遲遲沒有出現。

他突然靈光一閃，我把蛇販子和父親都想像成了可能救下竹葉青的人，為何獨獨沒有想到我自己呢？

張九狠狠地拍了拍後腦勺，現在誰也指望不上了，如果自己親手去救竹葉青，那麼竹葉青至少還有一線生機，如果此時自己也撒手不管，那麼竹葉青一定會在明天變成美味佳餚了。

可是另一個問題同時出現在腦海裡：竹葉青跟自己生下的到底是什麼？是人？是蛇？還是怪物？自己能不能接受做一個怪物的爸爸？

8

「不許走！把竹葉青蛇留下來！」

張蛇人和蛇販子目瞪口呆。

張九突然從身後追了上來，張開雙手攔在他們倆面前。「你們可以帶走其他的蛇，但是請將這條竹葉青蛇留下！」張九的雙唇在顫抖，臉色煞白地說道。

「你要幹什麼？」張蛇人不高興了。

蛇販子卻笑嘻嘻地看著張九，打趣道：「莫不是我說中了？你要留著這條蛇做媳婦嗎？哈哈，張蛇人，你看，我沒有說錯嘛！」

張九一咬牙，大聲道：「對！我就是要娶這條竹葉青蛇做媳婦！」

剛才還面帶笑容跟蛇販子聊得不亦樂乎的張蛇人，聽見兒子說出這麼一句話來，頓時臉色剎那之間發生了巨大的變化：「你……你說什麼？」

張九說，當那句話已經當著父親的面說出之後，他反而沒有了害怕。以前畏畏縮縮、躲躲藏藏的心理都不見了。原來，所有的轉變都只等待著他鐵了心說出那句話來。

張蛇人的臉上強扯出一絲笑容，結結巴巴地問道：「張……張九，你是不是蛇毒又發了？你怎麼盡說胡話呢？這可是一條竹葉青蛇，怎麼……怎麼可以做你的媳婦？張九……張九，難道……難道以前牠經常來我家就是……」

張蛇人不是傻子，多年來這條捉不到的竹葉青一直是他的心病，同時他也知道，這條竹葉青肯定有什麼他所不知道的秘密，牠不會是來他家散步的。他之前猜測竹葉青蛇來他家是想傷害他的家人，報復他捉蛇、賣蛇的行為。但是許多日子重重疊疊隨著日曆翻過去了，他的家人卻平安無事。張蛇人時而聽到兒子房間的不尋常響動，他已經有些懷疑兒子了，但是絕對不會想像他的兒子是跟一條蛇糾纏在一起。

而現在，他的兒子攔在他面前，說要娶這條蛇做媳婦。這由不得他不往從未想像過的地方想。

張九對著他的父親點點頭，答道：「是的。牠以前經常來我家，在傍晚或者雨天。牠不是來害我的，卻是給我解蛇毒。」

「解蛇毒？」張蛇人瞇起眼睛問道。

「是的。牠經常趁你不在，就來到我的房間……來給我解毒。」張九噎了一下，接著說道，「所以，所以我們……」

「不要說了！」張蛇人舉手制止道，另一隻手扶住額頭。張九發現，他的父親鬢角已經多了幾根銀絲，眼角多了幾條魚尾紋。

蛇販子提著幾條蛇，一句話也不說，只是呆呆地看著這對父子。

「我還沒有說完，」張九哽咽了一聲，不顧父親的制止，繼續說道，「所以我們相愛了。自從我中了蛇毒之後，別的女孩子見了我都偷偷捂住嘴笑，只有她不顧我身上的角質，用舌頭給我舔舐。她不嫌棄我。她是來幫我的，不是害我的。」

張蛇人想起了那個夜晚，那個引燃了濕柴要捕捉潛入房間的蛇的夜晚，那個母蛇發出的發情氣味的夜晚。「都怪我，都怪我沒有早點發現，居然讓一條毒蛇跟我兒子……」張蛇人沉重地嘆了一口氣。

「我知道您是為了我才開始捉蛇、賣蛇的，可是不是所有的蛇都那麼討厭。有的蛇……」

「不用勸我！」張蛇人大喝一聲，「你是人，牠是蛇！不管怎樣，你們都不能結合在一起！我不答應！」張蛇人渾身顫抖，如站立在凜冽的寒風之中。

一向在父親面前懦弱的張九忽然改變了以往的作風，毫不退讓。「我知道您是不會答應的，我早就做好了心理準備！如果您容不下牠，那麼我也走！」張九嘴上說「早就做好了心理準備」，其實這個「心理準備」是剛剛做下的。他偷瞟了一眼蛇販子手裡的竹葉青。此時，那條竹葉青也正盯著他，平靜得異乎尋常。

「你！你說什麼？」張蛇人暴跳如雷，「你敢！」

「我是真心喜歡上她了。」張九看著編織袋中的竹葉青，深情地道。

蛇販子終於開口說話了：「張蛇人，我看你兒子是認真的。」

「你什麼意思？幸災樂禍？」張蛇人不滿地瞪了好友一眼，「你自己剛才不還給我講了你的故事嗎？蛇這麼好，你為什麼要娶媳婦？你怎麼不跟蛇過一輩子？」

「我這不是為了勸在門後偷聽的張九嗎？」蛇販子道。

「你是為了勸張九？你之前怎麼知道張九就在門後呢？」張蛇人滿腔怒火，指手畫腳問道，「不對，不對！你是誰？」

張九聽了父親的話，也是心中一驚。這個人不就是蛇販子嗎？父親怎麼突然對他也發難呢？

「唉，你就成全你兒子吧！只要是真心相愛，你何必管他這麼多呢？」

蛇販子避開張蛇人的問題不答，繼續勸道。不過，蛇販子的臉上出現了一絲破綻。他勉強笑了笑，張蛇人看出那不是蛇販子的笑容。蛇販子笑的時候嘴角往下拉，略帶一點哭相。而這個「蛇販子」笑的時候嘴角微微上揚，並且帶著一絲詭異和惡毒。

「你不是蛇販子，你是另外的人。」張蛇人伸出顫慄的手，指著面前這個熟悉的陌生人。

張九嚇了一跳，立即朝後退了幾步，茫然地看著「蛇販子」，問道：「你是誰？你要騙走我的竹葉青嗎？你有何居心？」

「蛇販子」笑道：「別管我是誰。你們父子之間先把矛盾解決了。我看張九跟竹葉青是兩情相悅，張蛇人你至少給他們一個機會嘛！如果他們不合適，你再拆散他們也行。」

張蛇人後退了一步，道：「我早就應該懷疑你了。是你讓我兒子迷上竹葉青蛇的吧？你是怕蛇販子明天來取蛇，所以今天幻化成他的樣子來騙走我的蛇吧？」

在張蛇人、張九和「蛇販子」爭執不下的時候，我和爺爺在家裡卻沒有落著空閒。

那時候已經是接近中午的時候，爺爺給奶奶新收的乾女兒判了個八字，然後懶洋洋地躺在姥爹留下的老竹椅上，閉目養神。上次的反噬作用太嚴重，而爺爺更是歲月催人老，恢復的狀態比不得年輕時候。

奶奶滿心歡喜地拿著爺爺判下的八字，蹣跚著腳步走了。我則挨著大門，曬著從外面斜射進來的陽光。大門的朽木味飄進鼻孔，帶著些古老的氣息。現在的我即使回到爺爺家，即使陽光再好，卻是再也沒有了曬太陽的心情。

爺爺在堂屋的陰涼處，我在陽光曝曬的門口。兩個人都不說話，享受著這難得的寧靜。

可是這份寧靜還沒有持續到二十分鐘，就聽見地坪裡有人大喊：「岳爹，岳爹！」

我側頭一看，原來是住在村頭的馬巨河。馬巨河跟舅舅關係好，經常來爺爺家，所以我認識他，並且知道他結婚早，有個體弱多病的媳婦。我還知道他是村裡唯一一個不種田的農民，因為他把家裡的田改成了果園，都種了水果。他一向都叫我爺爺為「岳爹」，而不像其他同齡人一樣叫我爺爺為「岳雲爹」或者「馬師傅」。

爺爺睜開眼來，問我道：「是誰叫我？」

我答道：「是村頭的馬巨河。」

馬巨河見我站在門口，便問道：「童家的外孫在這裡啊？什麼時候來的呀？」畫眉村的熟人見了我都會這麼問。

我禮貌地回答道：「是啊！學校放假了，我前兩天來的。不知道你找我爺爺有什麼事？」我心想道，昨天一黑早才處理好一目五先生，天才亮張九就來找；今天又被奶奶催到田邊忙了一陣，還沒休息一會兒，又來一個！還讓不讓爺爺休息了！

此時我才稍微理解奶奶為什麼不要爺爺管別人的事了。

他不回答我找爺爺有什麼事，卻問道：「你爺爺在家嗎？」

我無奈地點頭道：「在呢！正在堂屋裡休息。剛剛從田裡回來，累得不行了。」爺爺其實還不至於累到不行的地步，我這麼說完全是為了告訴馬巨河：如果沒什麼要緊的事情，現在最好別打擾爺爺休息。

馬巨河自然明白我後面說的話的意思，他搓了搓手，稍稍彎腰道：「我知道岳爹忙，找他的人不少。可是我有點急事需要你爺爺幫幫忙。」他一面說，一面走到門口來。

記得爺爺曾經說過，姥爹還健在而我還很小的時候，有一次村裡的人來爺爺家借水車，可是爺爺、奶奶他們都去田裡收稻穀去了，只有年幼的我在家裡玩耍。那個借水車的人見爺爺家沒有人，便兀自取了橫放在堂屋裡的水車，抬腿要走。可是他走到門口就發現腳抬不動，低頭一看，年紀小小的我正抱著他的腿不讓他走呢。

後來姥爹和爺爺回來了，見借水車的人坐在家裡等他們回來。然後借水車的人給姥爹和爺爺講了我拖他腿的事情，姥爹高興得哈哈大笑，直誇我是護家的孩子，是門頭上的一把鎖。長大後的我每次聽爺爺、奶奶說起，還自鳴得意。

可是這次馬巨河要來煩擾爺爺，我卻不能像小時候一樣拖住他的腿不讓他進門了。我只好引他進屋，然後淡淡道：「爺爺，馬巨河來了。」

馬巨河見了爺爺，連忙握住爺爺的手，央求道：「岳爹，我媳婦的半個身子就靠您來挽救了！」

爺爺一驚，問道：「你媳婦的病惡化了嗎？那你快點把你媳婦送到醫院去呀！找我有什麼用？」

馬巨河道：「如果是病情加重，我自然會帶她去醫院。可是她這次出的事非常奇怪！要不是我自己看到，我也絕對不會來找您的。」馬巨河一邊說一邊不住地搖爺爺的手，彷彿爺爺是烤爆米花的火爐。

爺爺問道：「發生了什麼事？你說來給我聽聽。」

馬巨河焦躁地說道：「岳爹，我現在說給您聽您是不會相信的，您跟我去看看我媳婦就知道怎麼回事了。」

爺爺從來不擅長拒絕別人，只好起身點頭道：「好吧！性命攸關，我們先去看看你媳婦。」然後爺爺朝我示意了一個眼神，叫我將前門、後門都關上。

我去關門的時候，馬巨河和爺爺先出去了。

等我將門窗關好，抄小路走到馬巨河家的時候，馬巨河和爺爺已經坐在裡屋察看馬巨河媳婦的傷勢了。我走進門，恰好看見馬巨河媳婦的腰上有好幾道奇怪的傷痕。那傷痕有一指來寬，外沿青紫色，裡面呈赤紅色。乍一看，還以為是被誰用鋒利的刀將她的腰劃開了，好不恐怖！

馬巨河的媳婦扶著床沿，「哎喲哎喲」直叫喚。腰上露出的一塊肌膚，蒼白如紙，一看就知道是病纏多年。

「她這個傷痕是什麼時候出現的？」爺爺用手指按了按傷痕，馬巨河媳婦立即「噝噝」地吸氣。

馬巨河說：「昨天傍晚。」

爺爺皺眉道：「你怎麼不早說？」

馬巨河道：「這不是怕麻煩您嗎？再說了，昨天晚上我媳婦還不怎麼疼，我以為睡一覺就會好，沒想到今天她疼得比昨天厲害多了，我這才慌了神。她一直躺在床上，沒磕碰什麼東西，怎麼會出現這樣的傷痕呢？」

爺爺沒有回答馬巨河的話，敏銳的目光將馬巨河的房子細細打量了一番。

雖說馬巨河媳婦的傷痕古怪，但是我仍擔心著張九的竹葉青蛇，沒把全部心思放到這件事上。

馬巨河明白爺爺的意思，低聲猜測道：「是不是我這房子沖撞了什麼東西？」

10

爺爺道：「我也這麼想，可是我左看右看，沒有發現你家裡哪裡不正常啊！」

馬巨河擔心道：「那是怎麼回事呢？」

馬巨河的話還沒有說完，只聽得他媳婦扶住床沿大叫一聲：「巨河，快！我的下半身被人砍走啦！快去後面的橘樹園裡幫我搶回來！」說完，馬巨河媳婦的額頭冒出了豆大的汗珠，嘴唇變紫，臉上的肌肉抽搐不斷。

馬巨河頓時慌了神，拉住媳婦的手大喊道：「玲玲，妳怎麼啦？妳的身體都在這裡呀！妳說什麼胡話呢？」

可是他媳婦再也說不出話來，牙齒咬住嘴巴，嘴角流出一線通紅的血來。

我立刻想到了文歡在回憶說他看見自己的雙腿留在地坪裡的情形，立刻拉住馬巨河道：「快點，我們先去你家的橘樹園看看再說。再拖延恐怕來不及了。」

馬巨河卻不肯動身，雙手抱住媳婦道：「我媳婦都成這樣了，我們還跑到屋後的橘樹園裡幹什麼？快點來幫我掐她的人中，她痛得快昏死過去了。」

我來不及跟他解釋，拖住他的手就往屋後跑。馬巨河半信半疑，拖拖拉拉地跟我出了門，然後從堂屋的後門穿到屋後。爺爺一聲不吭，經過堂屋的時候在牆角拿起一把鐵鍬。出了後門，便是一片茂密的橘樹林。青翠的橘樹葉和橙黃的橘子，呈現一派豐收的景象。

「來這裡幹什麼？她只是燒昏了腦袋說胡話吧？」馬巨河在我耳邊絮絮叨叨。

爺爺輕喝道：「別吵，靜聽聲音！」

馬巨河立即安靜下來，側耳傾聽橘樹園裡的聲音。

此時無風，又無蟈蟈鳴叫，除了不遠處誰家的水牛偶爾發出幾聲高亢的嗚叫，此外聽不到其他引人注意的聲音。

「聽什麼？沒有聲音啊！」馬巨河急不可耐道。說完，他轉身要回到屋裡去。

爺爺一把拉住他的手，將右手立在耳邊。

「沙——」一個聲音從我們耳邊掠過。馬巨河立即回轉身來，兩眼一瞪。爺爺沒有答理他，一動也不動地等待下一次聲音響起。

可是等了許久，那個聲音沒有再出現。馬巨河道：「是不是園外的聲音？我們沒有聽錯吧？我媳婦還……」

「沙——」

馬巨河的「還」字剛剛出口，那個聲音又出現了一次，但是隨即恢復了剛才的寧靜。那個聲音似乎有意藉著馬巨河的說話聲來掩蓋自己的位置。

「橘樹林裡有人！」馬巨河降低了聲音，「不會是來偷橘子的小孩子吧？」他一邊說一邊朝聲音發出的地方走去，躡手躡腳的。我和爺爺緊隨其後。

馬巨河對橘樹園的地形相當熟悉，他繞了一個大圈子，走到橘樹園的木柵欄門旁邊。他是怕偷偷溜進橘樹園裡的人直接從木柵欄門逃走，所以故意繞到後面來，想堵住那個人的去路。

繞到木柵欄門旁邊後，馬巨河這才細細分辨聲音的來源。

「沙——」那個聲音再次傳來。

我們幾個朝著茂密的橘樹林走進去，身子躬得如即將撲出的貓一般。才走出十來步，馬巨河做出一個制止前進的手勢，我們停了下來。

「果然是一個小孩子。」馬巨河小聲道。接著，他將面前的一枝橘葉撥開。我透過空隙看見一個三尺來高的小孩站在一棵橘樹下面。那個小孩子沒有穿衣服，一手拖著一把蓑葉掃帚，一手拿著一把鮮血淋漓的菜刀，一步一顛地走在林間的草地上。

馬巨河正要從遮擋的橘樹後出去，爺爺急忙拉住，揮揮手示意馬巨河不要衝動。

可是此時的馬巨河哪裡制止得了？他一下子躍了出去，大聲喝罵：「你是哪家的小孩子？居然大白天的敢到我的後園裡來偷橘子！看我不逮住你了告訴你父母！」

那個小孩本來盯著別處，見馬巨河責罵，轉頭來看馬巨河。馬巨河一見小孩的面容，立即嚇得差點拔腿就走。

那小孩眉骨高聳，眉毛如同兩隻黑色蠶蛹。嘴唇烏紅，如同剛剛吃過大把熟透了的桑椹。臉色蒼白，如用石灰粉刷過。

馬巨河倒吸一口冷氣，身子微微後仰，戰戰兢兢問道：「你，你是誰家的孩子？我怎麼沒有見過你？」

那小孩聽了馬巨河的話，咧嘴一笑。他的牙床上居然只長著兩顆門牙，其中一顆缺了一半，彷彿是咬了什麼堅硬的東西崩掉了半顆。他笑的時候舌頭微微吐出，一如吐奶的嬰兒。可是他的這副模樣，讓人感覺不到有嬰兒的可愛，只有涼涼的陰森！

「我是你媳婦的兒子呀！」那小孩奶聲奶氣回答道，然後又給馬巨河一個笑。

馬巨河打了個寒顫，問道：「你……你……我還沒有兒子呢！你到底是誰家的孩子？怎麼跑到我家後園裡來了？快……給我出去……」話雖這麼說，可是馬巨河沒有半分強勢者的氣勢，聽起來反而懦弱畏懼。

「別跟他廢話了！」爺爺從橘樹後衝了出來，舉起手中的鐵鍬便朝那小孩拍去。而我聞到一陣陣屬於還沒有斷奶的嬰兒所獨有的奶香味。

馬巨河一驚，連忙拉住爺爺，大聲道：「打死人可是不行的！」

爺爺將馬巨河的手推開，高聲喝道：「前有黃神，後有越章。神師殺伐，不避豪強，先殺惡鬼，後斬夜光。」

那小孩見爺爺開始唸咒語了，立即朝木柵欄門的方向跑去。

馬巨河見小孩要跑，張開雙手想要抱住他。

爺爺大喝一聲：「別攔他，快讓開！」

說時遲，那時快。小孩如發了瘋的鬥牛一般直衝過去，將馬巨河撞了個人仰馬翻。馬巨河撲在地上還想伸出手來拉住小孩的腳。可是此時小孩倏忽一下如逃竄的黃鼠狼一樣不見了。

11

馬巨河躺在地上翹起頭，看了看木柵欄門的方向，驚問道：「岳爹，這孩子怎麼跑得這麼快？」話剛說完，他捂住胸口咳嗽了幾聲。「哎喲，我的內臟都被他撞壞了！」馬巨河在地上蜷縮成一團。

爺爺忙過去扶他起來：「他可不是一般的小孩子。」

「您的意思是？」馬巨河齜牙咧嘴問道。

「這個恐怕就要問你媳婦了。」爺爺答道。

「問我媳婦？難道你認為那個小孩子真是我媳婦生下的嗎？」馬巨河皺起眉頭。這時一陣風吹了過來，橘樹輕搖。

「我不是說這個。」爺爺搖頭道，「亮仔，你去周圍看看，看能不能找到什麼東西。」

「嗯！」

我朝那個小孩子逃跑的方向走去。果然，在木柵欄門旁邊，我發現了他手裡拿著的那把蓑葉掃帚。我這才發現那個掃帚不同尋常。一般人家用的蓑葉掃帚是由一根木棍和一把扇形的蓑葉組成，但是這把掃帚上頭有兩根木棍。

「爺爺，他的掃帚落在這裡了！」我朝橘樹園裡喊道。

爺爺扶著馬巨河走了過來。馬巨河「咦」了一聲，問道：「這個掃帚怎麼有兩個手把？」

馬巨河俯身去觸摸那個掃帚。就在他的手指碰觸掃帚的木棍時，掃帚刹那間發生了變化——變成了人腰以下的半個身子！

馬巨河驚叫一聲，再次跌倒在地。

「這是你媳婦的身體。」爺爺道，「快起來，把這個身體移到你媳婦身體上去。」爺爺放眼眺望，似乎他還能看見已經逃到遠方的那個小孩子。

我順著爺爺看的方向看去，只有起起伏伏的山背。

馬巨河哭喪著臉抱起地上的半截身子，跌跌撞撞地往屋裡跑。爺爺拉了拉出神的我，叫我跟著進屋。

走進屋來，馬巨河媳婦正目瞪口呆地看著她男人抱著自己的半截身子，不知是驚是喜還是呆了。

「真的？難道這是真的？」馬巨河媳婦好不容易說出話來，「難道我做的夢都是真的？」

馬巨河將抱著的半截身子放在媳婦的身上。那半截身子漸漸融入馬巨河媳婦的身體。馬巨河愣愣地看著他媳婦，彷彿面前是一個從未見過面的陌生人。

爺爺問道：「妳做的什麼夢？」

馬巨河媳婦回答道：「我從能記事的時候起，就經常做噩夢，夢見一個小孩子找我要奶喝。他長得很醜，眉毛突起很高，嘴巴烏黑烏黑，兩顆大門牙中有一顆破缺了一些。我說我沒有奶，他就說上輩子我欠了他很多奶。」

「上輩子？前世？」馬巨河如遭電擊，驚問道。

他媳婦汗如雨下，但是看那表情已經沒有先前那麼痛苦了。她說道：「是的。他說我前世是他的母親，不過是後媽。他說我不喜歡他，故意不給他餵奶，讓他活活餓死了。」

「所以他來找妳要奶喝嗎？」馬巨河問道。

他媳婦搖了搖頭，道：「不是。他說他已經在冥間向鬼官控告了我。鬼官說要把我的半截身子砍下來給他。」

馬巨河大驚失色。「所以他剛剛來時就是為了奪走妳的半截身子？可是……可是我們把他趕走了。他會不會再來找我們？他是不會善罷甘休的！」馬巨河轉過身來，拉住爺爺的手，央求道，「岳爹，我們該怎麼辦？這次趕走了他，但是難保以後不會再來。求您給我們想個辦法吧！」

爺爺神定自若道：「既然是欠他奶水，那麼還給他就是了。」

「還給他？怎麼還？」馬巨河媳婦問道，「要錢可以燒紙，要房子可以燒靈屋，要吃的我們也可以供奉，但是要奶水我們怎麼給他？」

爺爺對馬巨河媳婦道：「今天趕走了他，今天晚上他必定會再來妳的夢裡找妳的。妳記住了，無論他說什麼，妳都不要害怕，也不要責罵他。妳對他說，等妳生下孩子後，奶水自然會還給他。」

馬巨河媳婦點點頭。

馬巨河問道：「到時候了怎麼還？」

爺爺笑道：「他自己會有辦法的，你就不用多心去想了。」

馬巨河和他媳婦點頭稱是。馬巨河安頓好他媳婦後，送我跟爺爺出來，一路上不停地道謝。

爺爺道：「今天晚飯之前，你來我家一趟，我給你媳婦畫一張符。等她睡下的時候，你將符壓在她的枕頭下面，這樣晚上作夢的時候就不會忘記我交代的話了。」

馬巨河連連點頭。

在回家的路上，爺爺掐算了一下，然後輕鬆地嘆出一口氣。我見狀，連忙問道：「爺爺，怎麼啦？您有什麼不放心的事？」

爺爺拍了拍我的肩膀，道：「你快去屋裡看看月季有沒有好一點？我叫剋孢鬼出去了一趟，這個時候應該回來了。」

我驚道：「你叫剋孢鬼出去了一趟？你不是把它禁錮在月季花裡嗎？你隨便把它放出來，不怕它的邪惡之氣還沒有洗盡嗎？」

爺爺笑道：「我既然把它放出來，就是知道它身上的惡氣已經洗得差不多了，不會亂生事的。再說了，我放它出去是叫它幫我辦件事情，不是隨意放它出去撒野，你就放心吧！只是這幾天你要多多照看月季，可別讓它枯萎了。」

這時我再也忍不住把在回家的路上遇到乞丐的事情告訴爺爺了，手舞足蹈地將當時的情形講給爺爺聽。

「乞丐？」爺爺沉聲問道。

「對，就是一個乞丐。」我道，「他說我不適合養這個月季，想要從我手裡買走。」

爺爺愣了一下，問我道：「他既然是乞丐，哪裡有錢買你的月季呢？文怎麼會對一個月季這麼感興趣呢？你不覺得奇怪嗎？」

經爺爺提醒，我如醍醐灌頂道：「對呀！我怎麼沒有想到呢？一個乞丐怎麼會有錢買月季呢？」

12

「你還記得他長什麼樣嗎？」爺爺問道。

我想了想，那個乞丐的面容前面彷彿蒙著一層霧水，讓我看不清他的真面目。我搖頭道：「當時我急著擺脫他，沒有仔細看他的模樣。怎麼了？難道你猜是你認識的人？」

爺爺搖了搖頭：「我在想，這個乞丐是不是跟《百術驅》的遺失有關。」

「我也這麼想。」我點頭道。

「算了。」爺爺長長地吁了一口氣，「該來的遲早會來，該走的終究要走。他們不可能一直隱蔽下去，我們等著他們現出原形的那一天吧！眼前是張九和竹葉青的事情要緊，哦，對了，還得給馬巨河畫一張安夢的符咒。」

我靈光一閃，問道：「爺爺，你說你將剋孢鬼釋放出去了，是不是就是為了張九的事情呢？」雖然我猜不出剋孢鬼除了挑出新的亂子還能幫上什麼忙，但我隱隱覺得爺爺自有他的安排，不會大意而為。

爺爺不肯回答，只叫我先回屋裡看看月季是不是精神了些。

回到屋裡，果然發現月季不再是一副病懨懨的樣子，花瓣顯得飽滿了許多，葉子也翠綠了許多。

「看來剋孢鬼是回來了。」爺爺笑道，「你再給它澆些淘米水，我去裡屋找找毛筆和墨硯。」

我忙問道：「要不要我幫忙磨墨？」嘴上這麼說，心裡其實只是為了看看爺爺是怎樣畫安夢符咒的。如果不是奶奶和媽媽反對，爺爺可能早就教我如何一筆一式地畫了。

爺爺搪塞道：「你們現在的學生都習慣用鋼筆了，拿毛筆的姿勢都不會，怎麼幫我的忙？磨墨的水調不勻，寫出來的字深淺不同，上不得門面。你還是好好照顧月季吧！」說完，爺爺兀自進了裡屋，接著是椅子磕碰衣櫃的聲音，大概是爺爺爬上椅子去取衣櫃頂上的墨硯了。

我失望地看了看月季，只好去奶奶的潲水桶裡弄些淘米水來，小心地澆灌月季。

「你去哪裡了？是叫你去辦張九的事情了嗎？你看到那條竹葉青了嗎？」我一邊澆水一邊問道。

可惜月季不能說話，更不能回答我的問題。

我要問的問題，當然還得由張九自己來回答，不過，那是幾日之後的事情了。

幾日之後，張九像他父親當年那樣，將一條吐著信子的蛇盤旋在脖子上，滿臉春風地走過大道小巷，來到爺爺家門前。

然後，他給爺爺複述了剋孢鬼幻化成蛇販子跟他父親交易的情形。只不過那時的我已經回到學校坐在了課堂上聽著老師講課了。後來爺爺又用張九的口吻複述給我聽。

當時，張九和張蛇人看出了「蛇販子」不對勁，立即質問「蛇販子」有何居心。「蛇販子」說他來只是為了激起張九的感情，看看張九是不是真心要跟竹葉青在一起。他跟張蛇人說的那個故事，也只是為了辨別張九的真心，看他到底希望跟人在一起過平常的生活，還是鼓起勇氣跟一條蛇過一輩子。

「蛇販子」還說，他本以為張九在他出門的時候就會出來阻攔的，沒想到出門許久了還不見張九有所行動，便認為張九在昨一天去馬岳雲馬師傅家不過是一時衝動而已，根本只是為了維持一段意外的桃花運，而不是真心想將這段感情持續下去。

如果張九一直不出來，「蛇販子」準備將拿到手的蛇送到真正的蛇販子家裡去，並且告訴蛇販子：張蛇人家裡有點急事，所以託人將蛇提前一天送過來了。這樣，買方賣方都會相安無事。

那麼，自然竹葉青避免不了或被做成二胡的蒙皮或被送上餐桌的命運。

可是誰料在張蛇人就要和「蛇販子」道別的時候，張九才姍姍來遲地出現，並且說出了心裡的話。

張蛇人問「蛇販子」道：「你是誰？」

「蛇販子」道：「我是誰並不重要。」說完，「蛇販子」將手中的編織袋遞交給愣愣出神的張九，「既然你已經決定了要負擔結果，那麼後面的事情也要靠你自己爭取了。」

張九愣愣地接過「蛇販子」遞來的編織袋，問道：「是畫眉村的馬師傅叫你來的嗎？那麼……你給我帶句謝謝給他，好嗎？」

張蛇人驚道：「畫眉村的馬師傅？張九，你去找過他？」

張九撲通一聲跪在父親面前，低頭道：「父親，我是去找過馬師傅了。我就是為了這條竹葉青去的。我知道你一定會反對我跟一條蛇過一輩子，但是我是真心喜歡上了竹葉青。我知道，你從耍蛇轉行到捉蛇，一定需要很大的決心，一定做了很大的努力。但是，在走出家門攔下你們之前，我也下了很大的決心，也是經過慎重考慮的。我知道我在做什麼，並且知道做了之後要承擔什麼樣的後果。所以……所以請你原諒我……」

在張九向他的父親表露真心的時候，「蛇販子」悄無聲息地溜走了。

張蛇人扶著兒子的肩膀，聽著兒子一字一頓的傾訴，無暇去關注「蛇販子」。「孩子，你這麼想就錯了。」張蛇人吸了吸鼻子，輕聲道。

張九抬起淚水矇矓的眼睛，哭喪著臉問道：「父親，我沒有錯，我是真的考慮好了。我不會後悔的。」

編織袋裡的蛇們此時出乎意料地平靜。那條綠色的竹葉青緩緩爬到編織袋的結扣旁邊，隔著一層經緯細密的薄層，用那細長的蛇信子舔舐張九的手。牠似乎要勸慰這個曾經與牠共度無數個美妙夜晚的男人，即使他父親拒絕了，只要有他這一番話，牠死也安心了。

13

張蛇人搖了搖頭，道：「孩子，你想錯了。父親不是這個意思。我的意思是，我當初不再耍蛇就是因為怕你心裡有負擔，我並不是你想像的那樣恨蛇。我的所作所為，都是為了你。既然你這麼喜歡這條竹葉青，而且肯為牠負擔後果，那麼我為什麼要阻攔你呢？孩子，只要你喜歡，你就盡情地去做吧！」

張九聽了父親的話，愣住了。

張蛇人摸了摸張九的脖子：「我早就看出來你的皮膚好得異常快，晚上也很少聽見你在床上蹭癢了。你媽媽比我敏感，她首先發現了你的異常，做為父親，我的感覺要慢得多。在你媽媽告訴我這些之後，我就暗暗留意了，可惜一直沒有找到緣由。」

說到這裡，張蛇人瞟了一眼地上的蛇。那條竹葉青立即立起身子，對望張蛇人，一副畢恭畢敬的樣子。

張蛇人收回目光，定定地看著兒子，語重心長地問道：「和蛇生活需要處處小心，稍微出現懈怠，或許就會中毒身亡。這跟人與人的生活是很不一樣的。」

張九點點頭，說道：「我知道。」

「好了，你起來吧！」張蛇人扶起兒子，俯身幫他拍了拍膝蓋上的泥塵，「其實你何必去找畫眉村的馬師傅呢？你只要把箇中緣由說給我聽，我也會答應你的。傻孩子。」張蛇人的眼裡露出少有的溫和憐惜。

「您……您真的答應我了？」張九掩飾不住內心的激動，興奮地問道。

「難道你以為我還不如馬師傅關心你嗎？」張蛇人反問道。

「當然不會！」張九欣喜道。

張蛇人笑了笑，道：「當然是真的了。我心中也已經壓抑了很多年，其實我一直還是很愛耍蛇的，只不過為了不讓你覺得我忽略了你的感受，才用惡毒的方式來對待心愛的蛇。在我的生命裡，畢竟是你比蛇重要得多。既然你決定要跟蛇在一起，那麼我也可以重拾當年的愛好了。」張蛇人長長地吁出一口氣，如釋重負。

張九點頭道：「對。父親，我還要跟你一起學耍蛇，把你的手藝繼承下來。」

而後，張九開始跟隨父親耍蛇，並從他父親那裡學到了許多以前不會的技巧。而那條竹葉青在乾燥的晴天裡會變作一條綠色的蛇，躲在竹林裡，等到陰濕的下雨天或者夕陽西下，她就會來到張九的房間，繼續幫他治療蛇毒。

不僅如此，竹葉青還解決了許多張蛇人沒有解決的問題，比如被什麼蛇咬了應該用什麼樣的草藥治療，蛇在什麼時節有什麼不同的習性，比《田家五行》還要準確得多，也詳細得多。

後來我問爺爺：「你不是說過竹葉青已經受了孕嗎？難道他們的孩子從此就消失了？」

爺爺笑道：「我也這樣問了張九，張九說，那條竹葉青告訴他，蛇在受傷的時候自己會找相應的草藥來療傷，所以蛇對中草藥天生就有一定的瞭解。竹葉青是在發情期找到張九的，但是之前牠已經食用了一種特殊的野草和天然礦物硼砂。這種野草和硼砂混合在一起服下，即能發揮出很好的避孕作用。」

我驚訝道：「竹葉青就是透過這種方法避免了受孕？」

爺爺道：「古書《太平廣記》中的草木篇裡寫到這樣一則故事，說過去有一位老農耕田，遇見一條受了傷的蛇躺在那裡。另有一條蛇，銜來一株草放在傷蛇的傷口上。經過一天的時間，傷蛇好了。老農拾取那株草其餘的葉子給人治瘡，全都靈驗。本來沒有人知道這種草的名字，後來人們乾脆就用『蛇銜草』當草名了。而另外一本古書《抱樸子》中也講到『蛇銜能續已斷之指如故』說的也是這個意思。所以蛇會用中草藥並不是奇事。」

「那麼他們就一直服用這種藥，不要孩子了嗎？」我問道。

「他們害怕生出一個怪物來，所以決定一直不要孩子。」爺爺回答道。

自此以後，我再也沒有見過張九，爺爺也再沒有提起過。直到現在，我給你們講起這段往事的時候，這才想找到當年的張九，問一問他和那條竹葉青的生活怎樣，有沒有生下一個孩子來，生下的孩子長什麼模樣。可是我沒有張九的聯繫方式，只好作罷。

但是有一次我有意無意在跟媽媽打電話的時候說起，媽媽說聽聞張九和他女人前幾年生下了一個兒子。

我急問那個兒子的健康狀況。

媽媽說，那個孩子其他沒有什麼異常，只是皮膚上有蛇鱗一般的、類似洗不淨的污垢的東西。如果用梳子去刮，「刺啦」有聲。張九用了許多種強效的洗滌劑，想將孩子身上的「污垢」洗下來，可是都徒勞無功。

所幸的是，那個孩子的臉上和手上都沒有這種魚鱗狀的「污垢」。智力與常人一般，沒有特聰明，也沒有特愚笨。

孩子的母親也漸漸適應了人類的生活，晴天再也不用躲到竹林裡去了，不過出門肯定要打一把防紫外線的傘。冬天她是絕對不願靠在爐子旁邊烤火的，並且天天昏昏欲睡。

我又問張九的癢病是不是痊癒了。

媽媽說，張九的癢病已經完全好了，但是嗓子還是稍帶娘娘腔，說話細聲細語的。

我跟媽媽又說了一些其他不相關的話。

即將掛電話的時候，媽媽又說，聽說張九的孩子在幼稚園跟其他的小孩子發生過矛盾，張九的孩子咬了別的小孩子一口。那個被咬的小孩子當場口吐白沫，昏迷不醒。幼稚園的老師立即將張九和對方的家長都叫到了醫院。

14

張九這才發現他的兒子還是有不同尋常人的地方，幸虧他會治療蛇毒，給對方的孩子配了點草藥，治好了危急的孩子。

為了讓孩子不再發生類似的事情，張九痛下決定，帶著孩子去牙科醫院將他的牙齒全拔了，然後裝了一口假牙。一個不到十歲的孩子，卻像垂暮的老人一般咬不了任何硬物。

我心想，這總比沒有五官要好多了。

在張九和爺爺的談話裡，自然少不了那個像蛇販子又不是蛇販子的「人」。原來那就是刨孢鬼幻化成的蛇販子。刨孢鬼受了爺爺的委託，在奶奶叫爺爺出去看水之前就出門朝張九的家的方向走了。這也是為什麼我看到月季有些萎蔫的原因。

爺爺說，他之所以叫剋孢鬼去，是因為所有的一切還得靠張九自己爭取，還要看張九是不是想真心挽救竹葉青。如果張九不敢負擔後果，即使爺爺救下了竹葉青，也只會釀成惡果。這比不救還要遭。

當然了，張九在得知爺爺並未失約，而只是轉換了一種方式之後，連忙握住爺爺的手，感激得熱淚盈眶。

不過奶奶對張九的感激並不買帳，雖然當著張九的面不好意思表露不滿，但是等張九轉身離去之後，奶奶便把爺爺說了一通。因為馬巨河的事情，爺爺的反噬作用不但不見半分轉好，反而惡劣了許多。

馬巨河的媳婦在符咒的幫助下，當天晚上於夢中跟那個小孩子說明了自己的誠意。那個小孩子在後面一段時間裡也沒有再騷擾他們。馬巨河媳婦在生孩子之前也沒有再做那樣的噩夢。

但是第二天早上，爺爺剛起床就咳嗽得厲害，用爺爺自己的話說，差點沒把肺給咳出來。爺爺當然知道是反噬的作用，爺爺還知道，那個小孩子是恐嬰鬼。

恐嬰鬼既然在冥界已經控告了他的後媽，而鬼官已經答應了讓恐嬰鬼割去馬巨河媳婦的半截身子，這就是下了定論的事情。經爺爺這麼一「攪和」，定論卻發生了改變，受益者是馬巨河媳婦——原本要半身不遂，現在只需準備一些奶水補償，受害者卻是爺爺——本來是與自己無關的事情，卻無緣無故要受到強烈的反噬作用。上次的反噬作用還沒有完全好，再加上新的反噬作用，爺爺自然苦不堪言。奶奶在一旁看得心急如焚卻又無可奈何。

馬巨河媳婦再次夢到那個小孩，是半年後生下孩子的那個晚上。

馬巨河媳婦說，那個小孩子告訴她，在她的孩子出生之後，它會在稍後的一天來到她的家裡，接受她的贖罪。

果然，第二天她家養的豬生下了三隻豬仔。可是其中一隻黑色白斑的豬仔兇猛得很，將其他兩隻小豬仔都活生生地咬死了。

馬巨河生氣得不得了，要將這隻黑色白斑的豬仔糶給別人。馬巨河媳婦聽說了，連忙阻止她的丈夫，並將夢中夢到的事情告訴了他。她猜疑那隻黑色白斑的豬仔就是恐嬰鬼的化身，它是來討要前世欠下的奶水的。

馬巨河聽了媳婦的勸告，急忙找來爺爺。

那個時候已經接近過年了，很多人家都開始置辦年貨了。村裡經常有推著自行車來賣對聯和財神畫的小販，有時也有開著小四輪貨車販賣水果的。零零星星的鞭炮聲隨處可聞，那是小孩子將家裡預備辭舊迎新的鞭炮拆了開來，用拜神的香將零星的鞭炮點燃。

但是那個時候我還沒有放假，為了來年的高考，學校決定將寒假減縮為八天，除夕的前一天放假，初六就要回校報到。

月季自然還由我帶在身上。

馬巨河就在充滿喜氣的零星的鞭炮聲中來到了爺爺家。奶奶正在地坪裡洗刷碗櫃、桌椅，恨不得在過年之前將家裡所有能挪動的東西都洗一遍。奶奶還不知道，她的手和腳只能在短短的幾天裡保持靈活勤勞了。

「馬巨河，來找誰呢？」奶奶喜氣洋洋地問道。因為臨近過年，舅舅已經從外地回來了，村裡的年輕人常來找舅舅玩。換在平時，奶奶不問就知道人家只可能是來找爺爺的。而此時，舅舅正在門口拿著對聯往門框上比量，看看買來的對聯是否合適。

舅舅見馬巨河急急走來，忙放下對聯迎上去：「嘿，巨河，來找我有事嗎？」隨即舅舅掏出一根香菸來，作勢要遞給他。

馬巨河推開香菸，焦躁地問道：「你父親在家嗎？我找你父親有點事。」舅舅問道：「找我父親有什麼事？」舅舅邊說邊飛快地瞟了不遠處的奶奶一眼。奶奶臉上的高興立即消失了，換上一副不樂意的神情。

馬巨河知道舅舅的眼神的意思，忙道歉說：「不好意思，我知道快過年了，不應該帶些不好的消息來。但是……但是我實在是沒辦法呀！」在這塊地方，快過年的時候是有很多講究的。

「什麼事？」爺爺叼著一根菸出來了。

他本來是不太注重這些講究的，但是礙於奶奶的面子，只好先移步走出大門再問馬巨河。這樣，就表示不好的消息沒有帶進門，也就沒有這麼多忌諱了。奶奶也就不會那麼生氣了。

「岳爹，我媳婦生了。」馬巨河說道。

爺爺點頭道：「我知道啦，除夕還差幾天，昨晚卻聽見你家放鞭炮，所以猜定你家媳婦生孩子了。怎麼了？找我要個八字嗎？」

馬巨河急急道：「八字以後再找您討。眼前有更為著急的事情，那個小孩子又到我媳婦的夢裡來了。」

15

爺爺默然，只有手上的菸頭隨著一陣又一陣的輕風時暗時亮。

馬巨河著急道：「那個小孩子說過要我媳婦的奶水來償還，是不是會害我剛出生的孩子呀？會不會像馬屠夫那樣遇到倒楣的事情？」馬屠夫處理箢箕鬼的那個晚上，馬巨河也是繫紅布條扛新鋤頭中的一員。

爺爺搖了搖頭，道：「它既然要害你的話，就不會到你媳婦的夢裡提前告訴你了。我猜想，它給你媳婦的夢有一種提示作用。」

馬巨河問道：「提示我們什麼？」

爺爺問道：「你們家最近有沒有發生什麼不同尋常的事情？值得引起你們注意的事情？」爺爺拿起菸，深深地吸了一口。

馬巨河經爺爺點撥，立即興奮地揮舞著手道：「哦，我知道了。我們家的豬婆今早生了幾個小豬仔，可是其中一隻黑色白斑的豬仔非常兇猛，牠把其他幾個小豬仔都咬死了！我正想把這麼毛糙的豬仔賣掉呢！我媳婦說牠可能就是那個小孩子的化身，叫我先來問問您。」

「你媳婦說得對。」爺爺點頭道。

「您的意思是，那個小豬仔確實是小孩子的化身？來討要奶水的？」馬巨河半信半疑道。他的手雖然還是揮舞個不停，但是動作已經顯得生硬了。

爺爺道：「不要著急，我隨你一起去看看就知道了。」說完，爺爺將菸頭在門口的石墩上摁滅。原來四四方方平平整整的石墩已經有些不好看的缺口了，近地的一面長上了一層厚厚的青苔。這兩塊石墩正跟著這間老屋一起老去。不知從什麼時候開始，爺爺的步子沒有以前那麼健朗了。

馬巨河連忙上前：「岳爹，要不要我扶你一下？」

旁邊的奶奶沒好氣地說道：「還不是因為上次幫你媳婦置肇了，自己身體本來就沒有完全康復，這樣一來，人越加顯得老了。」

馬巨河尷尬地笑了笑。

爺爺若無其事地擺擺手，安慰馬巨河道：「沒事的。人老了都這樣。歲月不饒人嘛，就是萬萬歲的皇帝也抗拒不了年紀上頭。」

奶奶又阻撓道：「馬巨河媳婦做的夢是虛幻的，你們兩個男人怎麼可以信以為真呢？」

舅舅也就勢勸道：「對呀！夢怎麼可以相信呢？」

爺爺站定，辯解道：「話可不能這麼說。古代有位大詩人叫白居易，你們學過古詩的都知道吧？」

在場的幾個人紛紛點頭。

爺爺又道：「他有一個弟弟，叫白行簡。這個人就很少有人知道了。」

舅舅和馬巨河異口同聲道：「確實沒有聽說過。」

爺爺道：「白行簡寫過一本書，名字叫《三夢記》，裡面寫了他所做過的三個夢，都是非常奇怪但都是他親身經歷的夢。他在書的開篇說，人的夢，不同尋常的夢有三種：第一種是一人的夢在另一人的身上發生了，第二種是一人身上發生的事在另一人的夢中得到了應驗，第三種是兩個人的夢境互通。」

「還有這事？」奶奶的好奇心被爺爺調動起來了。

爺爺將白行簡經歷的三個夢一一道來：「武則天執政時，劉幽求是京城的副手。他曾奉命出使，在夜裡回來的時候，走到離家還有十幾里的地方，恰巧遇到一座寺院，並且聽到寺中有歡聲笑語，寺院的圍牆殘破，從缺口處可以看到裡面的情景。劉幽求出於好奇，就俯身偷看，只見十幾個男女混雜坐在一起，桌上杯盤羅列，圍成一圈在吃飯、喝酒。令他奇怪的是，他還看見他的妻子也坐在其中談笑風生。他非常吃驚，料想不到這麼晚了妻子會在這裡，並且還這麼做。他懷疑自己看錯了，於是又注意細看那個人的儀容舉止談笑，的確是他的妻子。劉幽求想走進去確認，但是寺院的大門鎖住了，進不去。於是他便撿起地上的瓦片打他們，正好砸在洗手盆裡，盆裡水花四濺，裡面的人受了驚嚇，一哄而散。待裡面的人都不見了之後，劉幽求翻牆進去，與隨從一起察看，卻發現大殿和東、西廂房都沒人，寺廟的大門在外面還鎖得好好的。劉幽求更驚異了，急忙趕回家裡。」

到家後，他發現妻子剛剛從夢中醒來。妻子見他回來了，就和他聊天，噓寒問暖。然後妻子笑著說：「剛才夢見我和十幾個人在一寺院裡遊玩，那些人我一個都不認識，卻坐在大殿裡吃飯。這時有人從外面往裡扔石頭，這樣一受驚嚇，我就醒了。」劉幽求也把他在路上遇到的情形說了出來。這就是一個人的夢在另一個人身上發生了。

在場的幾個人紛紛稱奇。

「第二個事情發生在唐憲宗元和四年，」爺爺接著說道，「與白居易和白行簡要好的另一位詩人元稹，奉命到四川劍閣以南地區任職。」

舅舅插嘴道：「元稹這個詩人我聽說過。『曾經滄海難為水，除卻巫山不是雲。』這首詩就是他寫的。」舅舅讀書的時候成績非常好，後來由於一場病影響了學習，只好中途退學了。

爺爺看了舅舅一眼，點頭道：「元稹到四川去了幾天以後，白行簡和白居易，還有隴西的李杓直一起在曲江遊歷。他們幾人一起來到慈恩寺，在寺廟裡參觀，停留了很長時間。到了晚上，又一同到了李杓直的府上，他設酒款待白行簡和白居易，喝得十分盡興。白居易停杯許久，然後說：『元稹應該抵達梁州了吧！』說完，他就在牆壁上題了一首詩，詩詞是：『春來無計破春愁，醉折花枝作酒籌。忽憶故人天際去，計程今日到梁州。』那一天是二十一日。過了十幾天，有人從梁州來，帶來了一封元稹的信，信的最後附了一首《紀夢詩》，詩寫道：『夢君兄弟曲江頭，也入慈恩院裡遊。屬吏喚人排馬去，覺來身在古梁州。』日期和白行簡他們遊寺題詩是同一天。」

「這兩首詩現在還流傳著呢！有心的話可以查到。」爺爺補充道，「這就是一個人身上發生的事在另一個人的夢中得到了應驗。」

舅舅和馬巨河早已迫不及待，急問道：「那麼第三個夢呢？」

16

爺爺笑道：「第三個夢就是兩個人的夢境互通了。貞元年間，扶風的竇質和京城長官韋旬一起從亳州進入秦地，夜裡寄宿在潼關的旅店。竇質晚上夢見自己在華岩祠遇到一個身材高䠷、皮膚黝黑的女巫。這個女巫身穿白衣、黑裙，在路上迎候叩拜作揖，並請求為她祝禱於神靈。竇質不得已，就聽之任之，隨後問她的姓名。女巫自稱姓趙。等到醒後，竇質把情形告訴了韋旬。第二天，他們來到華岩祠，果然有個女巫迎了出來。容貌姿質、打扮衣著都和夢裡一樣。竇質跟韋旬面面相覷，說：『夢應驗了啊！』就叫下人拿了兩文錢賞給女巫。女巫拍著手大笑，對身邊的徒弟說：『你看，和我的夢一樣吧！』韋旬吃驚問她怎麼回事。女巫回答說：『昨天我夢見你們二人從東面來，一個滿臉鬍鬚身材不高的人祝酒後，給了我兩文錢。天亮後，我把夢到的情形告訴了我徒弟，沒想到現在都應驗了。』竇質就問女巫的姓氏。女巫回答說：『姓趙。』整件事從頭到尾，兩個夢都一樣！」

馬巨河和舅舅又稱奇不已。此時奶奶說道：「我小時候也經常做一些奇怪的夢，到了現在，好多場景似乎都是小時候夢裡經歷過的。你說奇怪不奇怪？好像我活了兩輩子一樣。可惜我當時沒有把所有的夢一個一個記下來，不然我也可以對證很多事。」

爺爺點點頭，說：「人家白行簡都不理解為什麼會有這麼奇怪的夢，妳怎麼會知道呢？白行簡在書中還說，從《春秋》到諸子著作及歷代史書，記述夢的事情很多，但都沒有記載過他所知道的這三種夢。民間傳說中講夢的也很多，也沒有這三種夢。他猜不透這是偶然的，還是前世有定數。於是他把這些事記錄下來，期待後來人驗證！」

馬巨河感嘆道：「看來我媳婦的夢不屬於偶然，而是前世有定數了。岳爹不說我還真不知道夢有這麼多奇怪的地方呢！」

舅舅道：「其實何只是古代，前些天我就聽一起打工的人講過他的親身經歷。」

馬巨河頗感興趣道：「哦？也是跟夢有關嗎？」他並不是對他媳婦不著急，而是知道要將岳爹拉走，必須先不得罪地坪裡的奶奶和舅舅。為了迎合他們，馬巨河只好暫且遷就他們。再說了，過年之前叫岳爹去處理鬼的事情，本來就不吉利，人人避之不及，奶奶和舅舅沒有當場趕走他就是好事了。

舅舅說道：「跟我一起打工的人中有個岳陽老鄉，家住在新牆河那邊。他給我講了他的親身經歷。他和他妻子都非常喜歡吃泥鰍，經常從市集上買了泥鰍回來煮了吃。有一天他做了一個夢，夢見自己變成了一條泥鰍，在冰冷的水田裡游來游去。過了一會兒，他看見一個小孩子提著火把和一根木棍過來了，木棍的端頭嵌著一個牙刷。牙刷上的毛都被去掉了，在牙刷側面嵌入了一排針。」

我小時候也用過這種方式捉過泥鰍和黃鱔。一手提著個煤油火把，一手拿著舅舅描述的那樣東西，將火把往澄清的水田裡照，找尋夜晚睡覺的泥鰍或黃鱔。火把是不能用手電筒代替的，雖然手電筒要方便得多，但是手電筒發出的光照到水面的時候會反光，看不清水底的東西，但是火把就不會了。

當照到水底的靜止的泥鰍或黃鱔之後，便將嵌了鋼針的木棍瞄準，迅速地向目標扎過去。泥鰍或黃鱔來不及躲避，很容易就被扎在了鋼針上，頭和尾拼命地擺動掙扎。

這種捕捉泥鰍和黃鱔的方式非常殘酷，但是因為泥鰍和黃鱔在水中非常滑溜，用手幾乎捉不到，所以這種殘酷而實效的捕捉方式被普遍運用。

舅舅說：「那個人說，他知道提著火把的小孩子是來捕捉他的，一想到一排鋼針向自己扎來，他便嚇得渾身顫抖。那個小孩將火把往水田的水面照了照，火把發出的光芒令他覺得刺眼。他伏在水底，動都不敢動。」

「不動的泥鰍最容易被扎到了。」馬巨河在旁插嘴道。他肯定也曾在某個清涼的夏夜在田埂上尋覓過泥鰍和黃鱔。那個年代的很多鄉下小孩都做過這種事情。

「他說了，他曾經也親手捉過泥鰍，知道這樣一動也不動很危險。但是當時他嚇得沒了主意。」舅舅說，「他看見那個小孩子盯住了他。他還看見那個小孩子的額頭上有塊紅疤，像是頑皮的時候磕到了石頭。那個小孩子毫不猶豫地舉起了手中的木棍，鋥亮的鋼針在火把的照耀下發出閃爍的光。他頓時想起自己小時候扎泥鰍的情景來，嚇得急忙轉身逃跑。但是卻為時已晚，很快他就感覺到背上一陣劇痛，接著自己被一股力量扯離了水面。他轉頭來看，只見那個小孩子正笑嘻嘻地看著他。他的背上扎入了四、五根鋼針，殷紅的鮮血正從那幾個被針扎出的窟窿裡流出來。」

馬巨河的嘴角一陣抽搐，彷彿被扎的正是他自己一樣。

「夢做到這裡還沒有完。隨後，他被那個小孩子扔進一個小桶裡。那個小桶裡裝滿了跟他遭遇一樣的泥鰍和黃鱔。嗆鼻的鮮血和滿身窟窿的同類令他不寒而慄。牠們都在窄小的空間裡掙扎哀嚎。他被其他泥鰍、黃鱔壓得呼吸困難，急忙鑽到最上面。又過了一會兒，他突然聽見了他妻子說話的聲音。他心頭一喜，忍住劇痛拼命呼喚妻子的名字，想讓他妻子來救他。可是妻子沒有聽到他的呼喚。他說他當時想，自己是條泥鰍，再怎麼叫他妻子也聽不懂他說的什麼話，頓時洩了氣。他靜下來一聽，原來他妻子正跟那個小孩子討價還價，似乎要將這桶泥鰍買走。他立即轉悲為喜。」

17

「果然，他妻子遞給小孩子一些錢，然後將桶提起，將頭靠近，滿意地看了看泥鰍。他急忙對著他妻子呼喊。他妻子笑了笑，但是顯然沒有聽見他的呼喊。然後，他妻子將桶傾斜，把滿桶的泥鰍倒進了另一個桶裡。他趁著自己還沒有溜進那個桶裡的時候看了看周圍。這裡不正是他經常來買泥鰍的菜市場嗎？周圍還有好幾個熟識的人呢！」舅舅道。

馬巨河笑道：「我小時候一般只出去賣泥鰍，但從不會買泥鰍吃的。」

舅舅繼續道：「他再看了看妻子身邊的桶，那是他親自做的木桶。他懂一點木匠技術。那個桶有點漏水，所以一般不用來提水，而用來給菜園潑水，或者裝菜，偶爾才用來裝泥鰍。他拼命地用鰭趴住桶的壁，怕被泥鰍壓在最下面。可是那個小孩子用扎他的木棍敲了敲桶，他渾身一震，就隨之滑進了妻子的木桶裡。他摔得眼冒金星，立即又被上面的泥鰍壓得喘不過氣來。而背上扎破的窟窿還在汩汩地流著血。他感覺自己就快要死了。接下來，他感覺身子晃晃悠悠的，他拼命從底下鑽了上來。在鑽上來的過程中，他聽見同伴們不停地呻吟哀嘆。簡直比地獄裡還要陰森可怕。」

馬巨河打了個寒顫。

舅舅看了他一眼，笑道：「你提著一桶冒血的泥鰍不會覺得可怕，但是如果你身邊都是身上被扎了窟窿的人，那麼你就會覺得可怕了。他是這麼跟我說的。但是最可怕的還不是這些。他被他妻子提到家裡後，他妻子拿來一個盆，又將他和同類倒進盆裡，然後兜頭就是一勺涼井水。」

馬巨河插嘴道：「泥鰍都要用乾淨水沖洗的，水田裡溶有化肥農藥。」

舅舅點頭道：「不光要洗，最好還要在井水裡養幾天。這樣肚子裡的泥巴就能養乾淨了。他平時是這樣告訴妻子的。他妻子果然不立即動手，拋下他和其他泥鰍就走了。他總算過了一段舒服的日子，可是背上的劇痛一直刺激著他，可是他又翻不了身，只好忍著疼痛。好景不常，因為盆裡還有很多其他的泥鰍和黃鱔，井水很快就被弄得髒兮兮臭烘烘了。」

奶奶迫不及待地問道：「他妻子有沒有把他給吃了？」

舅舅道：「您聽我慢慢講來。當水變得特別髒的時候，他妻子就來換水了。將他和其他泥鰍和黃鱔倒進竹篩裡，把水漏掉。然後將他和其他同類倒進盆裡。他又一次被摔得頭暈眼花，接著又是一勺冷水潑了進來。這樣反覆了

三、四遍，他就看見妻子拿著一個砧板、一根鐵釘和一把菜刀過來了。他頓時嚇得心驚肉跳。妻子首先撈起一條病懨懨的黃鱔，那條黃鱔還做最後的掙扎。妻子捏不住，讓黃鱔從指縫裡鑽走了。妻子不急不躁，又撈起一條黃鱔，然後放在砧板上，用鐵釘將黃鱔的頭釘在砧板上。只見她笨拙而又順利地將刀抵在黃鱔的肚上，順手一劃，將黃鱔的肚剖開了，深紅色的血立即浸染開來，嚇得他目瞪口呆。平時都是他殺黃鱔的，妻子只是偶爾幫幫忙。以前他從來沒有覺得這樣有多血腥，但是現在他嚇得渾身哆嗦。」

「他看著妻子殘忍得像個魔鬼，將他的同伴一個接一個地『凌遲處死』。幸好他是泥鰍，不用遭受這樣的苦難。但是他知道，隨後免不了跟這些屍體一起被扔進沸騰的鍋裡。」

「他妻子將盆裡的黃鱔都宰殺完事，然後果然在火灶裡燒起水來。黃鱔流出的血將盆裡的水弄髒了，妻子最後一次給牠們換了水。然後，妻子將手伸進水裡，來回攪動。他看見妻子的手數次從他面前經過。他心想，以前覺得溫暖柔軟的手，此刻怎麼感覺不一樣了呢？這同樣的手，在此時卻像死神召喚的手一般。」

「他聽見妻子說了聲『水開了』，然後端起盆，將他與其他泥鰍、黃鱔一起倒入鍋中。鍋裡的水實在太燙了，他忍不住使出最後的力量跳躍起來。直到這時，他才從夢中醒來。擦擦眼一看，已經是日上三竿了。廚房裡叮叮噹噹地響著。妻子已經在廚房裡忙活了。他想起剛才的夢，仍然心有餘悸。」

「他剛要起床，就聽見妻子在廚房裡喊了：『太陽都曬到屁股啦，快起來吧！我都出去買了菜又煮好了，你一個大男人卻還賴床不起！』他頓時心裡一驚，急忙穿好衣服，跑到廚房去。」

馬巨河問道：「他妻子正在煮泥鰍？」

舅舅點頭道：「對。他看見廚房裡還沒有洗沾滿血跡的砧板，釘在砧板上的釘子，還有那個木桶，都跟夢中所見的一模一樣。他忙問妻子剛才是不是去了菜市場，是不是在一個小孩子的手裡買來的泥鰍、黃鱔。」

「他的妻子很奇怪，問他是怎麼知道的。他說他不但知道這些，還知道那個賣泥鰍的小孩子額頭上有塊疤。妻子更加驚奇了。於是，他告訴妻子他做了一個怪夢。他夢中所見，正是跟他妻子的經歷一樣。他妻子頓時嚇得雙腿發軟，再也吃不下煮好的泥鰍、黃鱔了。自從那次以後，他自己再也不敢去菜市場買泥鰍了。」

奶奶感嘆道：「我聽人說過，這輩子殺了什麼畜生，下輩子那畜生就會變成人，而人就會變成被殺的動物。這叫做來世報應，看來你那位朋友是遇到了現世報。」

馬巨河連忙道：「我也聽人說過現世報分為現世善報和現世惡報。你朋友經歷的是現世惡報吧！不過幸好只是在夢裡。我還聽一個得道高僧說過，『能量守恆定律』是宇宙中的自然法則。人在行為上的好與壞同樣受其法則的影響，當人們在行惡之時，惡的能量釋放出去後，必然消耗自身的正面能量，待自身正面能量瓦解之時，現世惡報就會到來，善報則反之。」

18

奶奶縮了縮肩膀，嘖嘖道：「這樣說來，也不知道我這輩子吃了多少畜生的肉，來世豈不是要被牠們千刀萬剮？想想就覺得害怕。你們還是別講這些古怪的夢了。」她看了一眼馬巨河，淡淡地問道：「你媳婦的問題不是還沒有解決嗎？怎麼能這樣心平氣和地扯這些與夢相關的事情？」

馬巨河微微鞠躬道：「我還不是怕您老人家不讓岳爹去嗎？」

奶奶臉上裝作仍然不高興，但心裡一樂，點頭道：「去吧去吧！我哪裡能管得住你岳爹那雙腳？他想去哪裡就去哪裡，又不能像牛一樣把韁繩牽在我手裡。」

馬巨河見奶奶鬆了口，高興得不得了，連忙上前拉住爺爺道：「走吧走吧！跟你們討論這麼久的夢，我早就等不及了。」

爺爺跟著馬巨河到他家的豬欄裡看了看。那隻黑色白斑的豬仔見了馬巨河和爺爺，將豬嘴抵在牆壁上直哼哼，前蹄在地上刨出兩個小土坑來。

豬欄裡還有另外兩隻小豬仔留下的血跡。但是這隻兇殘的豬仔也掛了彩，左邊的耳邊被咬去了一半，萎蔫地耷拉著，如一片被蟲噬壞的殘葉。

「你看那惡相。」爺爺笑道。

馬巨河道：「難道它就是恐嬰鬼？」

爺爺點頭道：「可能它是為了獨佔你媳婦償還的奶水，才將其他同欄的豬仔咬死的。對了，你媳婦既然生了，就應該有奶水了。它就是來討要奶水的。」

那隻豬仔立即附和似的哼哼兩聲，又將豬嘴對著牆壁拱了兩下。

馬巨河指著那隻醜陋的豬仔，露出一個難堪的笑，問道：「我媳婦的奶水不給我兒子吃，難道還要拿來餵養一隻豬仔？」他一把抓住了豬欄門，手抖得厲害，臉上泛出憤怒的紅色來。

爺爺嘆口氣，道：「當初答應了它，它當然就會來了。要是當初不答應它，你媳婦早就沒有命了。別說給你生兒子了，恐怕連自己都保不住。它也算退讓了你一步的，你可不能反悔哦。如果你不兌現諾言的話，它的怨氣會更大的。」

馬巨河怒道：「難道我還怕它不成？恐嬰鬼？它現在不過是個豬仔罷了。我拿把屠夫刀就可以捅穿它的喉嚨，放它的血！看它還敢不敢囂張！」馬巨河將拳頭狠狠地砸在豬欄門上，發出「哐」的一聲響。那隻豬仔慌忙後退了幾步，低下頭來對著馬巨河直哼哼，一副毫不畏懼的樣子。

馬巨河將拳頭舉過頭頂，作勢要打，道：「你還真囂張了你！你敢動我媳婦，我就把你的肉一塊一塊地卸下來做菜吃！」他跟豬仔隔著一道豬欄，他這樣揮手舞腳也只是嚇唬嚇唬豬仔而已。

未料那隻豬仔絲毫不給馬巨河面子，「嗷」的一聲衝到豬欄門前來，躍身就要咬馬巨河的手。雖然由於高度牠根本咬不到馬巨河的手，但是馬巨河被牠這突然的襲擊嚇得方寸大亂，急忙將手舉得更高了。

豬仔的身子撞在豬欄門上，被彈了回去。但牠在那裡搖頭晃腦，彷彿過年時候的舞獅，氣焰囂張得很。

爺爺道：「你看看牠的兇樣！你不善罷甘休，牠還會變本加厲呢！我勸你忍下這口氣算了，畢竟牠前世是因為沒有奶水才餓死的。善有善報，惡有惡報嘛！都是前世欠下的債，該還的終究還是要還的。」

馬巨河不說話，轉頭就走。爺爺跟著他出來。

隔壁的地坪裡冷不防地響起三三兩兩的鞭炮聲，剛走到堂屋裡的馬巨河被冷不防響起的鞭炮聲嚇了一跳，就氣急敗壞地朝隔壁地坪裡破口大罵。幾個手裡拿著香火的小孩子如同被驚動的野兔一般跑散了。

馬巨河挨著大門站住，跺了跺腳，努力抑制怒氣道：「岳爹，不是我小氣。您想想，我怎麼能讓我媳婦的奶水一碗一碗地端給一個豬崽子喝呢？讓我親生兒子乾張著嘴沒奶水喝？叫我自己的兒子喝稀飯、喝糊糊？您想想，我……我這能忍得下去嗎？」他的手緊緊扣住門框，胸口劇烈地起伏。

這時，躺在裡屋的馬巨河媳婦聽見他的話，唉聲嘆氣道：「巨河啊，我也不忍心看著我親生兒子餓著啊！要不這樣吧！我就不給牠奶水喝，看牠能把我怎樣！大不了再把這半截身子賠給牠算了！」她明顯說的是氣話，可是爺爺不知道她氣的是馬巨河不關心她，還是氣那恐嬰鬼的苦苦追討。

馬巨河抓住門框不說話。

他媳婦在裡屋又道：「你爹生了好幾個兒女，可是到頭來只剩下你這根獨苗。到你這一代呢，由於計畫生育還是只能生一個，這兒子就是你們馬家的獨苗了。你爹去世得早，臨終前叫你無論如何要生一個男孩傳宗接代。我怎麼可以不善待你家的獨苗呢？我怎麼可以把奶水餵豬……不給你家的獨苗吃呢？」他媳婦口口聲聲說是「你家的獨苗」，馬巨河臉上越來越痛苦。

那時的習俗就是這樣，很多人家還信奉「傳宗接代」的封建思想，尤其是老一輩。我的很多玩伴中，如果老大不是哥哥的話，那麼必定老么是弟弟。打個不好的比喻，這跟抽獎差不多：拆開一個，不是男孩，就接著再拆一個，還不是男孩……再拆開一個，哦，是男孩，立即住手。這就形成了「姐姐三、四個，弟弟只一個」的局面。

聽爺爺說，馬巨河的父親在世時，尤其信奉「傳宗接代」。可是馬巨河的母親「不爭氣」，接連生下三個女兒來。馬巨河的父親「迫不得已」使出殘忍的手段——再生下來的是女兒的話，立即將她溺死在水盆裡！

在馬巨河的父親那一輩，這樣做的人不在少數。

19

馬巨河媳婦的話，不管是為了孩子也好，還是為了賭氣也好，顯然都是為了刺激他。

「不行！」馬巨河咬著嘴唇道，「哪個男人願意看著他媳婦的奶水餵豬？我堅決不同意！我要殺了那隻豬仔！」

說完，馬巨河氣沖沖地走進廚房，彎下腰去碗櫃下面摸菜刀。

爺爺嘆氣道：「你可要想好了。如果這筆前世的債不還，那麼你媳婦的半截身子可就很難保住了。」

馬巨河愣了一愣，但還是將菜刀拿了出來，穿過堂屋要往後面的豬欄裡走。

「站住！你這個不孝子！」

馬巨河突然感覺到背後一聲嚴厲而熟悉的責罵聲！他頓時覺得後背一陣涼意！爺爺說他當時也感到一陣陰風掃面，如針刺扎。而躺在裡屋的馬巨河媳婦則失聲尖叫：「爹？是爹的聲音！」

馬巨河關節疼痛似的，緩緩轉過身來。那個聽了二十多年的嚴父的聲音再次在這間房子裡響起，他感覺時光倒流一般回到了父親在世的歲月。由於他是獨苗——幾個姐姐在他父親眼裡算不得是馬家的人，他父親對他十分溺愛，但是嚴厲的時候也是萬分的兇狠。

「爸？」馬巨河看見堂屋中間站著的熟悉的影子。在他回過頭的時候，剛好看見堂屋的牆壁上掛著父親的遺像。那個乾癟得像個發了皺的橘子一般的臉，刀刻一般的皺紋，還有那似笑非笑的表情，跟現在站在堂屋中間的那個「人」一模一樣。

爺爺站在堂屋的另一個角落，默默地看著這個小時候的玩伴，還有他的玩伴的兒子。

「爸？您怎麼來了？」馬巨河的嘴巴哆嗦著問道，「您在那邊過得還好嗎？是不是我哪裡做錯了，讓您在那邊擔心了？」相信絕大多數人，在看見逝去的父親重新出現時，在驚恐之後都會立即安靜下來，畢竟那不是惡魔厲鬼，而是小時候依靠的一座山。

「你這個不孝子！」堂屋中間的那個人罵道。馬巨河記得，他的父親每次生氣的時候都要罵他為「不孝子」，「我白白溺死了你幾個姐姐，讓你一根獨苗活下來了！」

「爸，您怎麼了？」馬巨河雙膝一軟，跪了下來。

我爸爸說他曾經夢到過爺爺（此處爺爺是指爸爸的父親）好多回。爺爺要嘛責怪爸爸不幫他掃地，要嘛責怪爸爸沒有給房樑打掃灰塵，要嘛抱怨門口都被水滲濕了。每次爸爸夢到爺爺這麼說之後，第二天早晨都會扛著鋤頭去爺爺的墳上看看。結果，要嘛是爺爺的墳頭長了很多荒草，要嘛是墓碑上落了許多灰塵，要嘛是別處水溝的水溢到墳前面來了。爸爸一邊給爺爺的墳鋤草，一邊忙不迭地跟爺爺道歉。

因為爸爸六歲的時候，爺爺就去世了，所以我的腦海裡沒有任何關於爺爺的印象。對我來說，爺爺是一個不可捉摸的無形之物。但是對爸爸來說，爺爺雖然已經不在人世，但是他無時無刻不在爸爸的身邊。

我想，如果爺爺突然出現在爸爸的面前，爸爸不會過於驚慌失措。

馬巨河的父親指著裡屋罵道：「你這個不孝子！我好難才留下你這根馬家的獨苗，連溺死自己的親身女兒的勇氣都拿出來了。你就不肯把你媳婦的一點奶水用來救救你的兒子？你怎麼能這麼笨呢？你媳婦死了，你兒子誰帶、誰養？」

馬巨河父親哆嗦著身子道：「你知道嗎？我溺死了你好幾個姐姐哪！我不心疼嗎？我不難受嗎？還不是為了給馬家傳宗接代？你要讓我的努力都泡湯，你要讓我馬家斷香火，我在那邊能安心嗎？」

馬巨河父親看了爺爺一眼，嘆道：「岳雲哪，謝謝你救了我家兒媳婦一次。」

爺爺點點頭，「嗯」了一聲，算是回答。

馬巨河父親轉身要離開，卻不向著大門走。馬巨河急忙上前拉住他父親，哽咽道：「爸，你多留一會兒，別急著走哇！」

可是他父親不再答理他，緩慢而筆直地往掛著遺像的那面牆壁撞去。馬巨河不肯鬆手，死死拉住他父親，欲要將他父親留下來。

爺爺在旁勸道：「馬巨河，你爹的時間到了，你就讓他走吧！」

「不！」馬巨河哀嚎道。可是他無法阻止父親的離去。他父親漸漸靠上了牆壁，一半身子融入到了牆壁裡面，只剩另一半露在牆壁之外。馬巨河一把抱住父親的手臂，擺出弓步來要將父親從牆壁中拉出來。

「巨河，你怎麼了？」裡屋的媳婦聽見丈夫的哀嚎，擔心地問道。接著就聽見裡屋嗒嗒的腳步聲，馬巨河媳婦穿著拖鞋趕了出來。

由於馬巨河的身子已經抵住了牆壁，他父親剩下的一部分身體不能進入牆壁。兩人就這樣僵持著。而在同時，裡屋的孩子突然發出「哇哇」的哭聲，聲音尖銳刺耳。

馬巨河媳婦被她丈夫和公公的一半身子嚇得呆住了。孩子的哭聲一響，她又回過神來，急忙返回裡屋。可是由於剛生下孩子不久，身子弱，馬巨河媳婦一腳抬得不夠高，絆上了門檻，摔倒在地。

爺爺急忙跑過去扶她。

馬巨河見媳婦跌倒，這才慌忙鬆了父親的手，跑向媳婦。馬巨河父親藉著這一點機會，倏忽一下就完全從牆壁上消失了。

「爸！」馬巨河剛扶起媳婦，又立即衝到他父親的遺像下面。伸手抓過去，刮下來一塊原本已經鼓起的石灰皮來。

20

「爸——」馬巨河兩個巴掌在牆上胡亂摸索著。

「你爸走了。」爺爺嘆了口氣道。

「不！不對！他沒有走！」馬巨河雙手按在牆上，眼睛直直地盯著剝落的石灰看。

「怎麼了？」爺爺奇怪地走過去，拍了拍馬巨河的肩膀問道。可是馬巨河仍癡癡地看著牆壁，一動也不動，像個雕塑似的。「別傷心了，你爸已經不是這個世上的人了，他不可能長久地留在這裡的。」

「不是，」馬巨河回頭對爺爺道，「岳爹，你看，這牆上還有我爸的痕跡呢！」馬巨河的話嚇了爺爺一跳。

「什麼？」爺爺不敢置信。

「岳爹，你過來看看。」馬巨河朝爺爺揮手道。看他的樣子不像是由於過於激動而瞬間變得癡呆。他用力地朝爺爺揮手，沒有半點開玩笑的意思。

爺爺狐疑地走了過去，問馬巨河道：「怎麼啦？要我看什麼？」

「看牆上。」馬巨河道。

「看牆上？」爺爺斜睨了眼睛看馬巨河，然後心不甘情不願地將視線轉移到掛著他父親的遺像的那面牆上。爺爺的目光本來是一掠而過，可是掠過之後定了定神，「嗯」了一聲，立即轉過頭，重新審視那面牆壁。

「你看，他還在這裡。」馬巨河無比焦急地看了爺爺兩眼，又將那焦灼的目光投向牆壁，用手指著一塊陰影，「岳爹，你看這裡，看到沒有？這個影子很淡很淡，但並不是沒有的。」馬巨河一邊說，一邊在牆壁上畫出彎彎曲曲的線條。

其實不用馬巨河多餘的指指點點，爺爺已經看出這面牆上的淡淡陰影，如同廚房裡挨著火灶的牆壁，被煙燻霧燎出一道若有若無的黑痕。這道黑痕雖然潦潦草草，但是大致呈一個人的形狀，很容易區分哪裡是頭、哪裡是腳。如果細細看去，甚至能看出哪裡是手指，還有手指上的紋路。

「這就是我父親的影子！以前這裡沒有的！」馬巨河蹲下來指著影子的手部，驚叫道，「岳爹，你看！這個影子的無名指彎得厲害，幾乎伸不直！那是他活著的時候修水車時被我捶壞的！」

爺爺立即蹲下身子察看影子的手，果不其然！

爺爺也記得，馬巨河的父親在世時跟他講過，他在帶著調皮的幼子修水車時，被幼子馬巨河用捶木鞘的鐵錘誤砸了手指，致使他的手指一直蜷縮如野生的蕨菜。直到他去世，爺爺跟其他幾個同齡的老人將他搬進棺材時，還見到了他那根像蕨菜一樣的無名指。

馬巨河激動不已，臉上的肌肉都顫抖了起來：「是我爸的影子！他走了，但是他的影子還留在家裡的牆壁上！他是捨不得離開我的！」

爺爺站起來，對著那個淡淡的影子搖搖頭，冷冷道：「他真是個固執得要命的老頭子！恐怕是不看到他的獨苗孫子好起來，他是不會走的了。現在都什麼年代了，還這麼重男輕女，真是不應該！」

不知道牆壁上的影子聽了爺爺的話會有什麼感想，如果那個影子能夠聽到的話。

爺爺瞟了一眼馬巨河，道：「你爹哪裡是捨不得你，完全是為了他馬家的香火。」

馬巨河愣了一愣，嘆了一口氣，看了看牆壁上的影子，又抬頭看了看正上方的父親的遺像，咬了咬嘴唇道：「爸，您就安心地走吧！不用守在這裡看護孫子了。我會按照您的意思做的。您就放心吧！」

那個影子一動也不動，彷彿是一個雕塑倒映下來。

爺爺也勸言道：「你這個死頑固，你管住你兒子就可以了，幹嘛人死了還得管著活人的事呢？兒女們的事情，就讓兒女們自己操心去吧！」爺爺雖然這麼說，但是媽媽在沒有出嫁之前，他也是死死地管住媽媽，當年還阻撓媽媽跟爸爸在一起。他甚至拿著一根挑柴的大棒攔在去常山村的路上，一心要做劃開牛郎和織女的「王母娘娘」。奇怪的是，自從我出生之後，他性情就大變了，完全不像是當年那樣的封建家庭的家長了。

馬巨河拉了拉爺爺的袖口道：「岳爹，勸他是勸不動的，倔強起來比水牛都難轉動脖子。我想通了，大丈夫能屈能伸。更何況我媳婦確實欠了恐嬰鬼前世的債，雖然說這樣對我不公平，但是不退讓的話對恐嬰鬼也不公平。您就直接教我應該怎麼做吧！您說什麼我聽什麼。」說完，他面對著牆壁上的影子凝視了許久，似乎這話是專門說給他父親聽的。

爺爺點點頭，重重地呼出一口氣，道：「你拿個碗，接點你媳婦的奶水，然後送到豬欄裡去。」

馬巨河在原地站了半晌，然後嚅了嚅嘴，狠狠一跺腳，就去廚房拿碗去了。不一會兒，廚房裡傳來叮叮咚咚的瓷器碰撞聲。

他媳婦在裡屋聽見碰撞聲，壓抑著嗓子罵道：「你就不能輕一點？把櫃裡的碗打破了還不是要花錢重新買？」

豬欄就在屋後的單間茅草屋裡，基本上沒有什麼隔音效果。豬欄裡的豬仔似乎聽到了馬巨河媳婦的說話，立即幫腔作勢似的大聲哼哼，然後打出一個響亮的噴嚏。

馬巨河苦著臉從廚房出來，手裡拿著一個白瓷青花碗，然後走進裡屋，掩上門。

不一會兒，他捧著碗進了豬欄。豬欄裡立即響起噗哧噗哧的豬吃食的聲音。馬巨河別過臉看著外面的果園，一臉的不服氣。

這時，隔壁地坪裡又傳來孩子們的歡呼聲，緊接著就是鞭炮聲和沖天炮聲，啪啪地響。空氣中充滿了硫磺的氣味和喜慶的氣息。

21

由於鞭炮聲的吸引，爺爺不由自主地朝門外望了一望。恰巧一個奇怪的身影從不遠的前方走過。

「他怎麼來了？」爺爺一愣神，自言自語道。

這時，馬巨河已經拿著那個碗回到了堂屋裡，一臉的頹喪。聽見爺爺自言自語，他勉強打起精神來，問道：「岳爹，你說誰來了？」他從門口探出頭來左顧右盼，外面只有三三兩兩的放鞭炮的小孩童。他又向那幫小孩童斥罵了一番。

「我原來認識的一個朋友，他可是專門給人家唸咒驅鬼的。」爺爺道。

馬巨河呶嘴道：「很久沒有見過了嗎？說不定是因為快過年了，他來這裡聯繫一下親戚，說說過年的事哦！」

在這麼巴掌大的地方，過年的方式也不盡相同。有的人家除夕的那天早晨就算開始過年了，有的人家從那天中午開始，有的人家卻從晚上開始。所以各個親戚之間在這天走動頻繁，往往先在某個親戚家過了早年，然後到另一個親戚家去過中午年，親戚多的話，可能一天過三次年——晚上再去另外一家過。

比如，我家就是過早年，而相隔一個山頭的畫眉村則是過中午年。

馬巨河的意思是，爺爺的朋友可能是來畫眉村聯繫親戚，確定好先到誰家過年再到誰家過年的事情。

爺爺想了想，道：「我沒聽他說過這裡有什麼親戚呀！」

馬巨河甩了甩手裡的碗道：「可能是他沒有跟你提起過吧！」

爺爺道：「可能是我年紀上來了，記性不好了吧！呵呵，都已經三十多年沒有見過他的面了，就算說過也忘得一乾二淨了。」爺爺撓了撓後腦勺，然後掏出一根香菸來，找馬巨河要火。

馬巨河掏出打火機。爺爺擺了擺手，問道：「你家裡有洋火嗎？」

「洋火？現在人家都說火柴啦！我還是在父親在世的時候用過火柴的，現在誰還用？」馬巨河瞥了一眼掛著他父親遺像的那面牆。隔著一段距離，他看不到那塊淡淡的影子，但是他心裡知道，父親還在那裡。也許父親正用耳朵偷偷聽著這個老屋裡的每一個聲音，也許父親正用眼睛偷偷看著這個老屋裡的每一件物雜。

裡屋的馬巨河媳婦聽到他們談話，搶言道：「巨河啊，我記得咱們家還有一打火柴的，是你父親在世時沒有用完的。我把它放在縫紉機上面了。」馬巨河家的縫紉機已經許多年不用了，他媳婦將上面的機器翻到底下，縫紉機就跟一般的桌子沒有多少差別了。我家也有一個一模一樣的「鳳凰」牌縫紉機。在我還沒有上學的時候，我媽媽經常坐在縫紉機旁邊縫縫補補，後來我不願意穿補過的褲子，媽媽的縫紉機就慢慢生了鏽。但是媽媽經常用機油擦拭，經常提起她那個年代結婚時必須的三大件、三小件。

馬巨河忙將碗放回廚房，然後給爺爺找那剩餘的火柴。

火柴找到了，可是已經不能使用了。火柴梗將火柴盒的磷面都劃壞了，一根也沒有劃燃。

「放潮了的火柴要烘乾才能用。」爺爺將火柴遞給馬巨河，「你這個放太久了，不能用了。」

馬巨河皺起眉頭道：「這個東西都快退出歷史舞臺啦！誰還花心思去烘乾它？不能用了就丟掉唄！」說完，他一揚手，火柴就被扔進了放在角落的簸箕裡。

爺爺臉上的笑不太自然了，嘆了口氣說：「我要回去啦！」

馬巨河急忙拉住爺爺道：「那我家那個恐嬰鬼就不管了？」

爺爺道：「你每天給牠餵奶水就可以了。」

馬巨河仍拉住爺爺，問道：「難道我要這樣一直餵下去嗎？這樣何時是個頭？」他的語氣裡充滿了憤怒，但是卻竭力壓制著聲調。

爺爺道：「這個很簡單。你看你孩子什麼時候斷奶，什麼時候就可以停止給恐嬰鬼餵奶了。」

馬巨河鬆開了手。

爺爺走到了地坪裡，馬巨河又朝他吆喝道：「岳爹，等前世的奶水債還完了，那隻豬仔怎麼處理？」

爺爺頭也不回，腳步也不停，揚起捏菸的手道：「送到附近的廟裡去，讓牠做個放生豬吧！」

後來聽奶奶說，馬巨河在孩子斷奶後，將那隻豬仔送到了大雲山的寺廟裡。他的妻子和孩子一直都平安無事。他妻子再也沒有被噩夢侵擾。只是頗令他們奇怪的是，馬巨河媳婦對漸漸長大的孩子越來越有一種似曾相識的感覺。她甚至能想到兒子長大後的模樣。在她模糊的印象裡，她的兒子臉上將來會有一道疤。

她的兒子三歲的時候，我已經讀大學了。一次偶然跟媽媽通話時，媽媽告訴我說，馬巨河孩子的臉不小心被破玻璃劃傷了，雖然沒有大礙，但是留下了一道難看的疤，醫生說傷得太深，恐怕以後長大了也不會完全消失。

爺爺沒有告訴馬巨河一件事情。那就是他早就注意到當年那隻豬仔的眼下有一道疤。當時爺爺預見了馬巨河的孩子以後會破相，但是爺爺沒有說出來。因為即使說出來，那道傷疤是無論如何也避免不了的，還會徒增馬巨河夫婦的擔心。

很顯然馬巨河的父親沒有預見到這一點。在馬巨河將那隻豬仔送到大雲山之後，牆上那個淡淡的影子就消失了，並且以後再也沒有出現過。

爺爺在告訴馬巨河以後要怎麼辦之後，悠閒地在畫眉村走了一圈，一無所得，然後慢悠悠地向家裡走。

他這樣走一圈其實是為了碰碰剛才看見的那個人。也許正如馬巨河說的那樣，那個人在畫眉村有親戚呢？

湖南同學停了下來。

一個雲南同學感慨道：「你這段故事中，我印象最深刻的是夢到自己是泥鰍被殺。我小時候也幹過這樣的事。我家鄉現在還有好多小孩子晚上出去用鋼針扎泥鰍。下次放假回去，我得給他們講講這個故事。」

半仙

22

鐘錶的三個指針疊在了一起。

「今晚我講個半仙的故事。」湖南同學道。

快走到家門口的時候，一個放鞭炮的小孩子舉著香火對爺爺道：「馬爺爺，馬爺爺，剛才有個神仙去了你家。」

爺爺彎下身來，慈祥地問道：「你看到神仙啦？」

那個小孩子認真地點了點頭，道：「真的是神仙呢！他穿的衣服就是神仙穿的衣服，戴的帽子也是神仙戴的帽子。」

爺爺笑道：「哦，那個神仙的鼻子上是不是長了一顆痣？那顆痣上是不是還長了一根白色的毛？」爺爺點了點鼻子，然後比量了一下長度。

小孩子嘟起小嘴，一副可愛的模樣問道：「馬爺爺，您認識天上的神仙啊？您怎麼知道神仙長什麼樣子的？」

爺爺摸了摸小孩子的臉，站直了身子，暗自尋思道：「他是來找我的？他怎麼會來找我呢？」爺爺後來告訴我說，當時他怎麼也想不到多年未見面的朋友會突然來找他，並且是在接近過年的時候。

那個小孩子仍不依不饒地拉扯著爺爺的衣角，問道：「馬爺爺，您怎麼認識天上的神仙啊？神仙吃飯嗎？睡覺嗎？」

爺爺暗自尋思道，如果要說他是神仙，那未免太誇張了。但是如果說他是個半仙，那還是名副其實的。他唸咒驅鬼的法術非常厲害，在他居住的那一塊地方，他有著跟爺爺一樣的名聲。不過爺爺是在農閒的時候才幫人做些事情的，而他是專職做這些事情的，並且要從求助者那裡收取一些費用。

他從多年賺取的錢中抽出一部分建了一個道觀，帶了兩個俗家弟子住在裡面，頗有出家人的架勢。而他自己更是身穿道袍，頭戴道巾，紙摺扇和鐵八卦時時不離身。而爺爺從來不拿人家一分錢，接兩根香菸都覺得不好意思。給人幫忙的時候從不講究穿什麼衣服，從水田裡上岸，一身泥濘都可以跟著去人家屋裡作法。道具則是桃樹枝或者紅棉布等等，偶爾借用別人家的桃木劍或者銅錢。

爺爺說，年輕的時候跟他見過幾次面，每次見面他都要嘲笑爺爺「不專業」，是個半吊子。但是他對姥爹卻畢恭畢敬，唯唯諾諾。那時，姥爹跟他的師父有些交情，經常互相走動。自從姥爹去世之後，爺爺跟他之間也就漸漸斷了聯繫。不過爺爺經常聽到別人說起某某地方有一個某某道士，唸咒驅鬼厲害得很，找他幫忙的人經常在他道觀前面排起長長的隊。那兩個俗家弟子就是在他忙得不可開交的情況下收入道觀的。別人口中相傳的某某道士就是這個人。

「呵呵，孩子，神仙一樣要吃飯要睡覺的。」爺爺摸了摸小孩子的腦袋。

「那神仙要零用錢花嗎？」小孩子又問道。

爺爺沉默了一會兒，然後哈哈大笑：「神仙當然要零用錢花了。」

小孩子一般都有打破砂鍋問到底的習慣，爺爺急忙離開那個小孩子往家裡走。

才走到地坪裡，就聽見奶奶和那個人談話的聲音，以及不時奶奶發出的笑聲。既然來者是道行極高的道士，那麼就不會是來麻煩爺爺幫忙的人了，奶奶自然不會擺張臭臉給人家看。但是那個人言語甚少，一邊喝茶一邊往外面看。可能是他視力不怎麼好，爺爺已經走到地坪了，那人卻還在一邊敷衍著奶奶一邊朝外張望。那雙眼睛如老鼠眼一般滴溜溜地轉，瞳孔要比一般人小許多。這也許是他視力不好的原因。

爺爺的眼睛就要好多了，見他坐在門口，連忙揮手打招呼道：「哎呀，都好多年沒有見到你啦！今天是什麼風把你吹到我家來啦？」

奶奶見爺爺回來了，笑道：「他等你好久了。」

那人連忙站起身來，寒暄道：「不久不久，我剛來一會兒。」可是他那雙眼睛沒有固定的焦點，茫然地向門外胡亂掃視。等到爺爺跨過了門前的排水溝，他的眼珠才停止漫無目的的轉動，對著爺爺客客氣氣地笑。

奶奶跟我談起那位來訪的道士時，活靈活現地模仿著他尋找不遠處的爺爺的模樣。我心想道，視力都這樣差了，連人都分不清，怎麼分辨鬼類呢？

當然了，爺爺不會去考慮他的眼睛與分辨鬼類的問題，但是心裡也打了一個結：他來找我做什麼？

「請坐請坐。」爺爺見他站起身來，連忙叫他坐下。

那人拍了拍身上的七星道袍，又扶了扶頭上的逍遙巾，這才坐了下來。

「岳雲，最近身體還好？」他開口不談別的事，先問好爺爺的身體。這不是他以前的風格。爺爺心中更加生疑。

「當然比不得以前了，但是還算健旺。」既然他不主動開口，爺爺也不好意思單刀直入地詢問。爺爺想了一想，暗示道：「您呢？」

「哎……」那個人嘆了一口氣，悶頭喝茶。

奶奶見他嘆氣，連忙問道：「楊道長，您嘆什麼氣呢？我聽人說你比我們家岳雲厲害多啦！聽說還收了兩個徒弟？我們家岳雲都沒有人願意做他徒弟呢。」

楊道長擺擺手，仍不言語。

奶奶立即打住，迷惑不解地看了爺爺一眼。爺爺搖了搖頭，表示他也不知道楊道長為什麼來找他。奶奶識相地端起茶壺道：「家裡準備的開水不多了，我去後面廚房裡再燒一些，你們先聊吧！」

楊道長立即抬起頭來，「嗯」了一聲。

奶奶退到廚房裡去了，很快就傳來劈劈啪啪的燒柴聲。

爺爺在楊道長對面坐下，望了望楊道長的苦瓜臉，問道：「怎麼了？」

楊道長回頭看了看廚房，這才放心地對爺爺道：「沒想到我也會遇到陰溝裡翻船的事！我是來向你告別的，三天之後，我就不在這人世間了。」

23

爺爺吃驚不小，問道：「你的意思是，你已經預測到了自己三天後會去世？」

楊道長痛苦地搖了搖頭，道：「不是。」

「那是怎麼回事呢？」奶奶倒比爺爺更著急。

這是幾天前的事情了。在一個難得的豔陽天，楊道士在難得的寧靜裡享受著燦爛的陽光。他坐在道觀前的大地坪裡，瞇著眼睛，手裡的拂塵吊在中指上。陽光像溫暖的羊毛被一般覆蓋著他，將他身上的陰翳之氣蒸發。

逢七的日子是不接待任何來賓的，這是他在忙得喘不過氣時訂下的規定。錢已經賺得差不多了，他沒必要要像以前那樣拼命。

他的兩個徒弟去附近的市集採購柴米油鹽等日用品去了。

楊道士躺在大竹椅上，竊竊地聽遠處的山林發出的沙沙聲。由於這個道觀離村子比較遠，所以沒有人聲狗吠的干擾，確實是個適合休憩的好去處。

他想起了已經去世的師父和畫眉村的馬辛桐師傅，想起他們一身本事卻藏藏掖掖，好像小偷偷的東西見不得人，隨著他們的生命結束，那一身的本事隨之入土為安。他再想想自己現在名利雙收，忍不住笑出聲來。他在人前人後很少笑，他認為那樣有損他神聖的模樣，會令人不信任，但是此刻周圍沒有一個人，他沒必要隱藏自己的真實感受。

他笑了一會兒，眼皮偷偷咧開一條縫，仍舊難免心虛地看看周圍是不是有人聽到。

眼皮剛睜開一點點，就看見一個容貌妖冶、氣色慘白的婦女站在他的竹椅旁邊。

楊道士大吃一驚，急忙收住笑容，將拂塵立在胸前，一本正經地問道：

「妳是誰？怎麼一聲不響地就到我這裡來了？」

那個婦女驚慌道：「我這不是怕打擾您休息嗎？」

楊道士打量了面前的婦女一番，問道：「妳來找我是驅鬼的吧？我看妳氣色不太好，一股冤孽之氣縈繞，一定是遇到了什麼不乾淨的東西。」

那個婦女連忙點頭稱是：「道長果然厲害！我以前只聽別人說道長如何了得，沒想到只稍看我一眼，就知道我遇到了什麼事。」婦女的一番海誇，令楊道長眉飛色舞，得意洋洋。

「我家男人死得早，孩子在他父親去世之後也夭折了，真是痛煞了我的心呀！」婦女哭訴道，「如今家裡只留下我和一個年老的母親。」

聽婦人這麼一說，楊道士頓時收起了喜慶之色，咳嗽了兩聲，端端正正坐好。

「那妳要救妳自己還是妳的老母親呢？」楊道士抬起眼皮問道，「不過我告訴妳，今天是我休息的日子，有什麼事情也只能明天再說。」楊道士看了看當空的暖陽，春天的陽光太懶，夏日的陽光太烈，只有這個時候的陽光曬起來最舒服，他可不想浪費了天公的美賜。

婦女道：「我老母親前些天還健健康康，還可以幫我做些輕微的家務活兒。沒想到昨天卻突然發病，到現在還躺在床上動不了，您幫我去看看吧，她是我唯一的親人了，我可不能再失去她了。」婦女淚水盈眶。

「嗯，我知道了。」楊道士又瞇上了眼睛。

「麻煩您去幫我看看我母親怎樣了，好嗎？求求您了！」婦女淚眼婆娑道。

「我說過了，什麼事情都要等到明天再說。」楊道士懶洋洋道，「妳還是先回去吧！」

「可是我明天還有別的事哦！您不能現在就動身嗎？」婦女央求道。

楊道士懶洋洋地搖了搖頭。

婦女哭道：「求求您通融一下吧！我明天真的有很重要的事情，不能再來請您了。如果您不去的話，我唯一的親人也就會沒了。求求您通通情吧！」

楊道士見她真情實意，並且確實可憐兮兮，便抬起拂塵指著道觀：「這樣吧，大堂裡有紙和筆，妳把地址寫下來，我明天按照妳留的地址找到妳家去。可以嗎？」

婦女為難道：「道長，我讀的書少，不會寫字。」

楊道士不耐煩道：「那這樣吧，妳幫我把大堂裡的紙和筆拿過來，我記下來。這樣可以了吧？」他一刻也捨不得離開這樣舒服的陽光。

婦女看了看楊道士身後的道觀，為難道：「我不敢進您的道觀。我從小就害怕這些神神秘秘的東西。我簡單說一下吧，您應該能記住的。我家住在離這十五里遠的李樹村，你到李樹村後問一問名叫李鐵樹的人，別人便會告訴你我家在哪個位置的。」

楊道士默唸道：「十五里……好遠咯……李樹村……李鐵樹……好了，我知道了。看妳可憐，我就答應妳這次。別人都是請我去的，我可是第一次主動去找人家的住址。」楊道士搖了搖頭，表示對這位喪父喪子的婦女格外開恩。

婦女對他的格外開恩並不領情，焦躁囑咐道：「您能記住嗎？明天可不要爽約啊！」

楊道士揮揮手道：「知道啦知道啦！妳回去吧！我明天到那個……」

「李樹村。」婦女提醒道。

「對，到李樹村後問名字叫李鐵樹的人，這樣就可以找到妳家了。是吧？」楊道士幾乎到了忍耐極限。如果面前是別人，而不是一個可憐兮兮又有幾分姿色的婦女的話，他肯定早就下逐客令了。

婦女點點頭，三步一回頭地離開了。

一會兒，楊道士的兩個徒弟背著一麻袋東西回來了。楊道士起身問道：「你們在回來的路上有沒有碰到一個婦女？」

他的徒弟都說沒有看到。

楊道士只料是兩個徒弟沒細心看，便沒將他們的話放在心上。

24

第二天，楊道士如約走了十多里路，終於找到了李樹村。

他詢問了好幾個李樹村的人，可是沒有一個人知道名叫李鐵樹的人。楊道士又問村裡是否有個喪夫又喪子的漂亮寡婦，寡婦的母親生病在床。村人說這裡沒有這樣的寡婦。

就連他的徒弟也懷疑了：「師父，既沒了丈夫，又沒了孩子拖累，再者像你說的那樣長得有幾分姿色，她為什麼不改嫁呢？您是不是記錯了？或者您昨天根本就是在竹椅上做了一個夢？」

「夢？不可能，我入道這麼多年了，自己是在夢中還是在現實中，難道還分不清楚嗎？不可能的。她說了就在十五里外的李樹村，她說問問名叫李鐵樹的人就可以找到了。」楊道士斬釘截鐵道。

「那麼，是不是我們走錯了方向？也許別的地方還有一個叫李樹村的莊子呢！」另一個徒弟替師父解圍道。

可是問了問村人，別說這附近了，就是方圓百里都沒有另外一個村子叫李樹村。

「您是不是記錯了呢？年紀上來了，難免會這樣。」被詢問的村人指著楊道士說道，把楊道士氣得吹鬍子瞪眼睛。兩個徒弟在一旁也哭笑不得。

楊道士氣咻咻地帶著兩個徒弟回到道觀，把一天的「生意」都耽擱了。到了吃晚飯的時候，楊道士還敲著筷子罵那個騙人的漂亮寡婦。

到了第二天，天還沒有亮，楊道士就聽見他的徒弟在敲門。

「什麼事啊？」楊道士迷迷糊糊地爬起來，問他的徒弟道。他連道巾和道服都沒有穿。

「外面一個女人來找您，說是昨天沒有見您到她家去。」他的徒弟告訴道，「我也跟她說，現在太早了，我師父還在睡覺。可是她就是不聽，說她母親已經快不行了，非得要您現在就過去。我攔不住，所以只好來找您了。」

楊道士一聽就火冒三丈：「是不是個子這麼高，長得還挺好看的一個女人？」楊道士比量了一個高度。

他徒弟點了點頭。

「她居然還有臉來找我？她母親就該病死！害得我昨天白白跑了一趟。耽誤了其他事情不說，我現在兩隻腳還痠痛痠痛的呢！我是好心才答應她的，沒想到被她耍了！這種人我救她幹什麼？」楊道士揮手趕走徒弟，返回屋裡睡覺。

他徒弟只好回到道觀前面去。

楊道士撫了撫胸口，正要閉上眼睛，未料聽到「哐噹」一聲，門被人撞開了。楊道士以為是徒弟魯莽撞入，捶著床沿罵道：「我不是叫你趕她走了嗎？你怎麼還跑回來？」側頭一看，來者不是徒弟，卻是前天見過的那個漂亮寡婦。

「我徒弟怎麼沒有攔住妳？我還沒有穿好衣服，妳就撞進來，叫別人看見了怎麼說？快出去。」楊道士慌亂抓起被子道。

那寡婦大大咧咧走近床前，一把搶去道士的被子，將搭在椅子上的道服扔到他身邊，大聲道：「我母親就快沒氣了，哪裡還管這些小事情？你快起來，快去看看我母親到底怎麼了？」她將被子扔在床邊的大木椅上，兩眼直直盯著楊道士。

因為擔心陽氣洩露，楊道士一生未曾碰過女人。現在被這有些姿色的女人盯住，他極不自然。他將衣服搭在肩膀上，怒道：「昨天被妳耍得好苦，今天我是不會再上妳的當了。」

那寡婦毫不畏懼道：「我母親實在不行了，你去也得去，不去也得去。」

楊道士嘴角拉出一個嘲笑的弧度，道：「從來都是人家請我去，生怕我拒絕。哪裡容得妳在這樣放肆？昨天我是看妳可憐，才上了妳的當，耽誤了其他人的事情。可笑的是妳，居然還有臉來找我！」

寡婦譏諷道：「生怕你拒絕？你說反了吧？應該是人家怕錢出少了，請不動您大駕。只要出得起價錢，哪家的事情你拒絕過？」

楊道士哽住了。

那寡婦問道：「昨天你既然已經到了李樹村，那就離我家已經不遠了。你為什麼不多問問呢？我家就在附近了。」

楊道士鼻子哼出一聲，道：「妳當我是三歲小孩？別說附近，就是再走一百多里，也見不到認識李鐵樹的人。妳回去吧！昨天的事情我就不追究了。」說完，楊道士伸長了脖子朝屋外大喊，「徒兒，快來把這個潑婦趕出去！」

寡婦被他激怒了，瞪圓了眼厲聲問道：「你當真不去？」

楊道士腦袋一歪，冷冷道：「真不去！誰出錢不是一樣？我幹嘛非得做妳這種惱人的事情？」然後楊道士仔細打量了寡婦一番，又低聲道：「看妳也不像是有錢人，我答應幫忙，妳還不一定出得起價錢呢！」

寡婦見楊道士不肯答應，居然躍上床來，抓住楊道士的胳膊，將他往床下拉。

楊道士哪裡見過這麼兇悍潑辣的女人！加上他年事已高，在力量上要遜色一籌，當下死死抱住床頭的橫杆，拼命叫喊徒弟的名字，可是卻遲遲不見徒弟進來幫忙，寡婦的指甲掐進了楊道士的肉裡，痛得楊道士哇哇大叫。

一時性急，楊道士狠命朝寡婦蹬出一腳。那寡婦的腰部被楊道士蹬到，跌倒在地。

楊道士氣喘吁吁道：「妳快走吧！妳別逼人太甚，不過逼我也沒有用。我再說一次，我絕對不會管妳的事情。」

那寡婦趴在地上，雙手捂住肚子，正揉捏被踢到的部位。長長的頭髮擋住了她的臉，楊道士看不到她的表情。

楊道士眼見情形不對，慌忙爬下來，在離寡婦兩三步遠的地方站住，雙手不知道放在哪裡好：「妳……妳怎麼了？」

那時，他還沒有想過要用枕頭下的短刀對付她。

25

說來也是奇怪，一個年老的道士，平時又不殺生，作法也用不上金屬刀具，為什麼要藏一把短刀在枕頭底下呢？

後來經楊道士解釋，在別人看來，道士本身就是鬼的對敵，如果說鬼是邪氣的代表的話，道士就是正氣的代表。可是楊道士自認為殺鬼太多，心裡有著常人察覺不到的恐懼，他怕那些被他逼走驅逐的鬼趁他睡覺的時候聚集在床邊，想懸掛一把劍在床邊。因為染過血的劍會發出鬼類害怕的劍氣。

可是他不只害怕那些鬼，自從給人驅鬼收來不少錢財之後，他更害怕附近的小偷到道觀裡來偷錢。

這樣就引出了要不要在床頭懸掛長劍的問題。按照楊道士的推理，如果家裡沒有長劍，即使小偷與他正面交鋒，不論結果如何，都不會鬧出人命來。

倘若家裡有了長劍，免不了小偷或者他搶先拿到長劍做威脅，這樣就難免刺傷人甚至殺死人。

殺鬼他從來不眨一眼，可是想到殺人，他就兩股顫慄。

後來他徒弟知道楊道士的心思，便建議他在枕頭下面藏一把短刀。多數鬼害怕鋒利的刀刃，而即使有小偷闖進道觀來，也不會發現短刀，這樣就一舉兩得了。

自從枕頭下藏了刀以後，除了偶爾幾個噩夢嚇得他從夢中驚醒來，立即從枕頭下抽出短刀，見了地上如霜雪一般的月光又舒緩過來之外，他從來沒有意識地去摸過那把短刀。特別是道觀裡來了人時，他連瞟都不瞟一眼那個枕頭，生怕別人從他的目光裡發現了枕頭的異常，進而發現這個道貌岸然的道士居然害怕夢中的鬼。

在寡婦與他拉拉扯扯之中，他有意腳踩住枕頭，生怕枕頭下面的短刀暴露出來。如果這個寡婦傳出去說楊道士枕頭下面藏著一把短刀，那麼肯定會被周圍人笑話，從此便沒人再來找這個在夢中害怕鬼的道士作法了。

在那個寡婦被他踹倒的瞬間，他還在擔心枕頭會不會挪動位置。

「妳……妳怎麼了？」楊道士在這樣問的時候，還偷偷瞥了一眼床頭的枕頭。寡婦是背對著他的，所以不會發現他的眼神不對。

那個寡婦痛苦地哼哼著，楊道士從她背後只能看見她的身體隨著呼吸一起一伏，彷彿一隻夏天午後懶洋洋曬太陽的貓。而楊道士感覺自己就是一隻想要挑釁這隻貓的老鼠。他輕輕地走過去，小心翼翼地拍拍她的肩膀。

雖然這個寡婦騙人很可惡，但是楊道士自覺剛才一腳發力過大，多半是踢痛她了。萬一踢傷了一個婦女，讓別人知道了說他堂堂一個道行高深的道士竟然對弱女人下重手，那楊道士臉上還真掛不住。

令人意想不到的是，那個寡婦迅速抓住楊道士伸出的手，用力將楊道士拽倒在地。

楊道士感覺一塊冰貼在了手背上，忍不住打了個寒顫！只見一個青綠青綠的如苔蘚一般的東西壓在他的手上。還沒等他看清那東西是什麼，只覺一股力量拽得他失去平衡，猛地撲向前方。

楊道士像青蛙一樣趴在地上，手關節和腳關節痛得厲害。他從寡婦的背後甩到了她前面。楊道士轉過頭來正要罵人，卻立即噤住了嘴。

面前這個人哪裡是有姿色的女人！她的額頭突出了許多，如壽星的額頭。額頭上面的頭髮迅速朝後退去，只有鬚鬚幾根留在原地，一如清朝人的髮飾。而牙齒增大了許多，兩顆門牙伸長到嘴唇外邊來。光潔的皮膚立即生出許多皺摺，皺摺中間是黑漆漆的髒污。

再看她那雙手，青綠青綠，指甲變得細而尖，如同雞爪。原來苔蘚一般的東西正是她的手！楊道士慌忙抬起自己的手看了看手背，被她抓到的地方染上了些許綠色，如同穿了褪色的劣質衣服。

楊道士方寸大亂，驚問道：「你是哪個來頭？我以前可沒有得罪過你吧？為什麼要來害我呢？」

那怪物並不答話，伸長了脖子「嗷」的叫了一聲，迅速向楊道士撲過來。

楊道士一時間忘記了手腳上的疼痛，立即爬起來就跑，一邊跑一邊呼喊徒弟的名字。可是仍然不見徒弟的蹤影。

他正要奪門逃跑，可是門像猜透了他的心思似的，自動「嘭」地關上了。門閂的橫杠自己衝進了鎖洞裡。楊道士抓住門閂，想將橫槓拔出來。可是橫槓紋絲不動，像焊死了一般。那怪物狂嘯著撲了過來。

楊道士急忙跑向相反的方向，這時他想到了枕頭下面的短刀。

怪物縮不回往前撲的趨勢，一下子將睡房的門撞得稀爛。它轉過身來，用身子堵住門口，兩隻貓瞳一樣的眼睛盯著驚魂落魄的楊道士。而楊道士已經將短刀抽了出來，兩手握住，慌亂地看了看怪物，然後閉上眼睛，刀尖向前朝怪物衝過來。

楊道士回憶當時的情形時說，當時他驚慌失措，根本來不及想面前的怪物是什麼種類的鬼，要用什麼靈效的方法對付它。他孤注一擲，把所有的希望都寄託在那把短刀上。說到這裡的時候，楊道士仍心有餘悸，一大口接一大口地喝水。奶奶泡了三茶缸水都被他「咕咚咕咚」灌下了。奶奶只好去廚房支起木柴再燒水。

「你刺中它了嗎？」爺爺問道。

此時楊道士兩眼發愣，木木地不回答爺爺的問題。「水，水，給我水喝。」楊道士晃晃手裡空空的茶杯道。

26

爺爺握住他的手，安慰道：「不要緊張，事情都已經過去了。水等燒開了再幫你添。」爺爺的聲音低沉而緩慢，楊道士聽後平靜了許多。他深深地吸了一口氣，用那雙陡然之間變得無比怠倦的眼神看了看爺爺，道：「我從來沒有驚魂失魄到這個程度，真是讓您見笑了。」

爺爺溫和地笑道：「不要這麼說，誰遇到這種情況都會驚慌失措的。」

楊道士嘆氣道：「都怪我造孽太多，此報是命中註定的。」

爺爺驚訝地問道：「您怎麼這麼說呢？您替周圍村民驅鬼除害，做的事情都是積德除怨的好事啊！怎麼能說是造孽呢？」

楊道士連連搖頭嘆氣。

「你殺了那個怪物嗎？」爺爺輕聲問道。

未料爺爺這一問，楊道士的嘴角又開始抽搐起來，兩眼如先前那樣發愣，手拼命地抖，彷彿楊道士的心中某處有一個敏感的開關，只要別人的言語稍微觸及，他便會變成這副可憐模樣。此時再看他身上道貌岸然的道服，不再有敬畏之感，卻有幾分木偶戲的滑稽。

爺爺見他狀態不佳，連忙擺手道：「不用急，不用急，我不問就是了。

您先在這歇一會兒，等我老伴燒好了水，您再喝點茶。」

兩人相對無言地坐了好一會兒，奶奶提著哧哧作響的水壺過來了。「哧溜」一聲，銀亮亮的水線拋向茶壺，很快就添滿了。壺底的茶葉被翻騰上來，旋轉不停。

奶奶再次將楊道士的茶杯添上水。

楊道士迫不及待地俯下頭，嘴巴湊到茶杯上用力地吸水，嘩啦啦的如老牛在池塘邊喝水一般。

一口氣將茶杯中的茶水喝完，他的臉色明顯好了許多。他抿了抿嘴，抹了抹嘴巴的殘餘水滴，然後神定氣閒道：「雖然我不願再多回憶一次那天的經歷，但是在你面前，我應該毫無保留地告訴你當時的情況。」

爺爺雖然不知道他為什麼要毫無保留地告訴自己這些事，但是既然老朋友都這麼說了，自己也不好意思說不愛聽。

而在一旁的奶奶急不可耐地問道：「你倒是說呀！」

她心想楊道士的名氣比爺爺大得多，他總不至於像別人一樣在年頭上請爺爺去做些雜事，所以她絲毫沒有要抑制自己的好奇心的意思。如果是別人，聽到這裡她就會對爺爺使眼色了。

楊道士說，在衝向怪物的時候，他一直閉著眼睛，所以不知道怪物會不會躲開。但是隨後他聽見了肉體撕裂的鈍聲，分明是刺中了目標，他心中一陣狂喜。

「師父……」那個怪物沒有哀嚎叫喊，卻悶悶地喊他叫「師父」。

楊道士的狂喜立即灰飛煙滅，聽那聲音，可不是自己的徒兒？

他睜開眼來，果然發現面前站著的不是別人，正是自己的大徒弟。而他手上的短刀，不偏不倚地正刺在大徒弟的胸口，鮮紅的血液正從他的胸口咕嘟咕嘟地冒出來。楊道士感覺自己的手頓時變得熱乎乎的。

直到這個時候，楊道士才知道自己受了鬼類的魅惑，失手殺了自己的徒弟，當時就嚇得抖抖瑟瑟，幾欲奪門而逃。可是轉念一想，逃得了和尚跑不了廟，自己這一把年紀了，能跑多遠，能跑多久呢？

他慌忙朝外叫喊小徒弟的名字。小徒弟沒有回答。他猜想是小徒弟出門挑水去了，一時回不來。這裡除了他之外，再也沒有第二個人知道這件事情，於是，他一不做二不休，迅速找了一塊乾布將大徒弟的屍體包裹起來，埋在了道觀後面的一棵小桃樹旁邊。

幸虧那棵桃樹是小徒弟前兩天從別處移植過來的，土壤還很鬆軟。楊道士沒有費多少力氣就挖了一個足以埋下大徒弟的淺坑。

在小徒弟吃力地挑著一擔井水回來的時候，楊道士不但已經將大徒弟的屍體埋好，並且將睡房裡的血跡也擦拭得乾乾淨淨。

小徒弟見大師兄不在道觀，便詢問師父。楊道士推說大徒弟剛才接到家裡捎來的口信，說是他的父親病重，他急匆匆回家照顧父親去了。小徒弟並未生疑。

話說這大徒弟的家在離道觀三十多里的一個偏僻小村莊，父母都是老實巴交的農民。因為那個小村莊田不肥地不沃，忙了春夏秋冬卻飽不了早餐晚餐，那對老實巴交的農民才將兒子送到道觀裡做道士的徒弟。不望他學些什麼方術異術，只求家裡少一張吃飯的嘴。

因為臨近過年，家家戶戶殺豬宰羊，準備過年的吃食。楊道士的大徒弟家也不例外。

就在楊道士失手殺死大徒弟的那天，大徒弟的父親正在屋前的地坪裡殺豬，母親正在屋內燒泡豬用的開水。

這時，一個身穿黑衣的陌生人走了過來，直往屋裡闖。大徒弟的父親心下生疑，大聲喝問來者是誰。

那個身穿黑衣的人連頭都不回，直接走到火灶旁邊，伏在燒火的女人耳邊悄悄道：「妳家兒子被他師父殺害啦！屍體就埋在道觀後面的小桃樹旁。」

話說完，那人轉身就走。

大徒弟的父親手裡拿著殺豬刀，卻不敢攔住那黑衣人。黑衣人看了看那把沾滿血腥氣的殺豬刀，繞了一大圈後離去了。

大徒弟的父親跑進屋裡，問妻子道：「那個人是誰？跟妳說了什麼話？」

他妻子扔下手中的火鉗，臉色蒼白如紙。「我也不知道那個人是誰，聽那聲音連是男是女都分不清楚。那人對我說，我們的兒子遇害了！」

大徒弟的父親愣了一下，而後哈哈大笑道：「怎麼可能！我兒子跟楊道士學的是捉鬼、驅鬼，都是給人做好事，不可能得罪別人的，哪裡會有人要謀害我兒子呢？」

27

他妻子嘴角勉強抽出一個笑意，道：「說是這樣說，可是我心裡不踏實。

要不，我們去道觀看看兒子，好不好？如果親眼看到我們兒子還健健康康的，我才能放心。」

大徒弟的父親大手一揮：「妳們女人就是心裡掛不得一點雞毛蒜皮的東西。那個黑衣人只是開個玩笑嘛！妳哪裡能當真？」說完，他提著殺豬刀就要往外走。地坪裡的豬肉還等著他去切割成一條一條的，然後用細草繩掛起來。

他妻子跟隨著從殺豬刀上滴下的血跡走到門口，嘴裡依然唸叨著她的兒子。

大徒弟的父親後來對楊道士說，當時他根本沒有想過孩子的師父會殺害徒弟，孩子的師父是遠近聞名的驅鬼道士，沒有可能也沒有必要殺人。他手腳麻利地將案板上的豬肉條條分開，然後將早已擰好的細草繩穿進豬肉裡。

「來，別在那裡站著。做點事吧！越想心裡會越亂的。」他朝門口唸唸叨叨的妻子招手道，沉重的豬肉使他的鼻尖冒出一層細密的汗珠。

他妻子嘴巴不停唸叨，沒有想動的意思。

尖。

這時一陣微風吹了過來，輕輕地掠過他的鼻子，絲絲涼意侵蝕著他的鼻尖。

他突然發現，自己的雙臂沒有力氣抬起案板上的豬肉。原來他嘴上雖說沒事，但是心裡早就起了一個疙瘩。鼻尖上的涼意似乎要告訴他一些不為人知的事情。他頓時改變了主意，朝門口的妻子看了一眼，點頭道：「好吧！我們去道觀看看兒子。快過年了，我們順便去問問楊道士，能不能讓我們的兒子回家過了初一再走。」

見丈夫答應了她的請求，他妻子立即回屋裡收拾東西，稍微整理一下頭髮。大徒弟的父親將豬肉和案板一起拖進屋裡，然後兩人一起趕往三十多里外的道觀。

當趕到道觀的時候，他們就發現情況有些不對頭。道觀外面站了許多的人，在議論紛紛。他們夫婦倆面面相覷，頓時心頭一涼。

「楊道士怎麼啦？」大徒弟的父親湊近人群，嗓子有些失真地問道。

「楊道士今天不給任何一家人作法，這不像是他的作風啊。他從來都是爽爽快快的，今天不知是怎麼了？」其中一人回答道。

另外一人道：「可不是生病了吧？」

先前那人立即擺手道：「不可能的，我今天早上還見到他出來買菜呢！健旺得很！他的小徒弟也是好好的，出來挑水的時候還跟我打了招呼呢！」

大徒弟的父親急問道：「您是住在附近吧？那您有沒有看見他的大徒弟呢？」

那人搖搖頭：「我沒有碰到他。」

大徒弟的父親心中一沉。他妻子在身後一把抓住他的胳膊，他能感覺到妻子的緊張。回頭一看，妻子的臉幾乎扭曲變形。他結結巴巴地勸慰道：「妳……不要……不要緊張。也許是兒子……生病了，他們……他們想留在道觀照顧我們的兒子……」

旁邊那人問道：「你們就是楊道士的大徒弟的父母親呀？哎喲，不說還好，一說我這才發覺楊道士的大徒弟長得和你們有幾分相像呢！」

大徒弟的母親急忙問道：「對，我們就是他的父母，我想問問您，這幾天您見過我兒子沒有？他是不是生病了？還是出了什麼其他的事？」她急不可耐，一把抓住那人的手，問題像連珠炮似的。

那人見她如此緊張，情緒立即被她感染，緊張兮兮道：「我昨天還見過楊道士的大徒弟，一般出來買菜的都是他的大徒弟。今天見楊道士親自出來買菜，我還猜想他的大徒弟是不是生病了呢！」

那人旁邊的人笑了起來：「原來我猜得準，楊道士沒有生病，但是他的大徒弟生病了。難怪今天他不做法事！」

他們夫婦倆卻不能跟著笑出來，當下相互攙扶著走進道觀。

剛剛跨進道觀，他們迎面就撞上了同在楊道士門下的小徒弟。那個小徒弟跟著師兄去過他們家幾次，所以認得師兄的父母親。他見師兄的父母親相互攙扶著進來，奇怪道：「莫不是師兄家裡又出了什麼鬼怪吧？今天怎麼找到道觀來了？」

大徒弟的母親擺手道：「我們家裡沒遭遇鬼怪事情，我們這次來就是……」

大徒弟的父親急忙打斷她的話：「對，對，我們這次來就是為了看看兒子，叫他記得至少初一回家一趟，給村裡的長輩拜拜年。」

大徒弟的母親會意地看了一眼丈夫，把後面差點脫口而出的話變成了簡單的「嘿嘿」笑聲，並順著丈夫的話連連點頭。

小徒弟兩彎眉毛往中一擠，迷惑不解道：「師父今天早上說，師兄家裡有急事，匆匆忙忙回了家呢！你們怎麼會找到這裡來呢？難道師兄沒有回家？」小徒弟看了看師兄的父親，又道：「師父說大伯您得了重病，師兄收到家中的口信才一大早就離去的呢！看您的樣子，不像是得了重病呀？」

大徒弟的母親渾身一顫，幾乎癱倒。大徒弟的父親連忙攙扶住她，在耳邊小聲道：「別急別急，也許是我們跟兒子離開的時間錯開了，現在他剛到家，我們卻跑到道觀來了。是不是？妳別急，待我把事情問清楚。」

大徒弟的母親雙眼噙著淚水問道：「那麼，那個黑衣人是誰呢？」

大徒弟的父親焦躁道：「我哪裡知道！」

他們倆的對話聲音雖小，但是小徒弟耳尖，將他們說的話一一收進耳朵。

小徒弟搖頭道：「你們不可能錯開的。師父告訴我師兄離去的時候，天才濛濛亮，算到現在足夠從你家走到道觀兩個來回了。對了，你們說的黑衣人是誰？」

28

「我沒來得及看清楚。」大徒弟的母親回答道。

大徒弟的父親急得直跺腳，低聲吼道：「到這個時候了，你們還談什麼黑衣人！小師父，你快告訴我們，你師兄離開這裡之前有沒有異常的表現？或者……有沒有跟你師父發生什麼爭執？」

小徒弟搖搖頭：「沒有啊！我沒發現師兄有什麼異常啊！師父跟師兄從來沒有什麼過節，怎麼會有爭執呢？」

大徒弟的母親則直接問道：「那麼，你發現師父最近有什麼不正常嗎？」

小徒弟又搖搖頭。

大徒弟的母親又問道：「那為什麼你們今天不給人家做法事呢？是不是師父生病了？」大徒弟的父親在旁連連點頭，渾身怕冷似的縮成一團，雙腳用力地跺地。

小徒弟皺了皺眉頭，道：「也沒有哇！我心裡也奇怪呢！師父為什麼不答應給人家做法事了呢？即使師兄不在這裡，他一個人也做得過來呀！」

大徒弟的母親暗叫一聲「壞了」，立即往道觀深處走。大徒弟的父親一把拉住精神有些失常的妻子，焦躁道：「妳急什麼呢！妳知道楊道士住在哪個房間嗎？」大徒弟的母親雙眼有些空洞，雖被她丈夫拉住，但是腳還不停地抬起放下，繼續往前「走」。

小徒弟見他們這樣，便主動請纓道：「我知道師父在哪個房間，我帶你們過去吧！」說完，他引著這對夫婦往另一個方向走去。

走到楊道士的房間時，楊道士正捧著一本《三十九章經》唸誦：「……太初天中有華景之宮。宮有自然九素之氣。氣煙亂生，雕雲九色。入其煙中者易貌，居其煙中者百變。又有慶液之河，號為吉人之津。又有流汨之池，池廣千里，中有玉樹。飲此流汨之水，則五臟明徹，面生紫雲。……」

小徒弟當然能聽清楚師父唸的正是《三十九章經》中的第二十二章。可是這對夫婦哪裡聽得進道士唸經，大徒弟的母親毫不避諱，開門見山問道：「楊師父，打擾您唸經了。請問我的兒子在哪裡？」

楊道士唸經的時候是閉著眼睛的，手裡拿的經書不過是個擺設，所以並沒發現進門的正是被他殺害的大徒弟的父母親。他只聽見了進門的腳步聲，正要問小徒弟怎麼把客人引到他唸經的房間裡來了。未料他還未開口，卻聽得一個略帶顫音的詢問。他的故作寧靜如透明而脆弱的玻璃，立即被這個壓抑著更深一層情感的聲音打破。

他嚇得扔掉了手中的經書，雙目圓睜：「你們怎麼找來了？」他哆哆嗦嗦地指著大徒弟的父母親，臉上的表情已經將他所有的隱藏出賣。

見這對夫婦目光兇狠如老虎一般緊緊盯住他，他慌忙收回目光，轉而詢問小徒弟：「他們怎麼找到道觀裡來了？」

小徒弟如實回答道：「您今天早晨說師兄回家了，但是他們沒有見到師兄，所以找到這裡來詢問。」

楊道士心中一個嘀咕，乾嚥了一口，努力保持最初的寧靜，可是欲蓋彌彰。他舔了舔嘴邊，奇怪地問道：「你們怎麼這麼快就找來了？誰告訴你們的？」

大徒弟的父親見楊道士這番模樣，一陣不祥的預感襲來，他提高聲調問道：「楊師父，我們沒有別的意思，就是來看看我們的兒子。您說我兒子回家了，可是我們沒有碰到他。請您告訴我，我兒子是不是……」

大徒弟的母親卻不跟這個道士繞彎子，情緒激動地問道：「我兒子是不是被你殺了？」

楊道士對爺爺說，他聽到這一句話的時候，剎那間並沒有罪行被人揭露的害怕，心裡只有一個聲音在不停地問自己：「是誰告訴他們的？」

小徒弟聽見師兄的母親說出那句話來，急忙幫師父辯解：「您不要著急，我師父怎麼會殺害師兄呢？師兄只是暫時找不到而已，但是他會回來的。」他見師兄的母親如狂風中的弱柳搖搖欲倒，急忙上前去扶她。

可是師兄的母親橫手扒開小徒弟，直接譎到楊道士面前，吼道：「你這個臭道士！衣冠禽獸的畜生！你為什麼要殺了我兒子？我們無冤無仇，你為什麼要這樣對待我兒子呀？」幸虧她丈夫還算清醒，硬生生拉住了她。要不然這個發了瘋一般的女人肯定會如一頭母獅子撲到老鼠一般的楊道士身上撕咬。

楊道士對爺爺說，當時他已經感覺到事情敗露了，但是出於本能還要做最後的抵抗：「妳憑什麼說我殺了妳兒子？也許妳兒子在回家的途中臨時改變主意去了別的地方呢？」

大徒弟的父親也低聲對妻子道：「妳別亂來，或許兒子有別的事。不一定就是他殺了我們的兒子。」

大徒弟的母親完全控制不住自己了，狂吼道：「你騙人！我兒子就是被你殺了！他的屍體就被你埋在道觀後面的小桃樹旁邊！」

站在一旁的小徒弟驚訝不已：「那是我前些天移植過來的，妳好久沒有來過道觀，妳是怎麼知道那棵小桃樹的？妳可不要冤枉了我師父，肯定是有人在造謠生事。」

大徒弟的母親咬著嘴唇點頭道：「好，如果你師父帶我們去那裡挖挖看，如果我兒子不是被掩埋在那裡，我就向你師父道歉！」

楊道士此時已經不再想怎麼去掩飾了，既然她不但知道她兒子死了，還知道她兒子的屍體藏在哪裡，再怎麼掩飾也是多餘。楊道士腦子裡盤旋著一個問題：是誰要這樣害我？害我的那個物件有什麼目的？

29

所謂當局者迷，旁觀者清。只要聽了楊道士講述的人，自然而然會知道那個黑衣人跟之前找他給老母親治病的姿色婦女肯定有聯繫。如果再要問下去，黑衣人是不是那個婦女的什麼親人，那個黑衣人是怎麼跟婦女溝通的，那就不得而知了。

大徒弟的母親不等楊道士反應過來，便拉著小徒弟去了道觀後面。

如果不是心中已經有了懷疑，誰也看不出那棵小桃樹周圍的鬆土有什麼異常。但是大徒弟的母親是得了消息才找來的，她一眼就看出了其中一塊地方的泥土顏色比周圍要重那麼一點點。

小徒弟還愣愣地站在那裡時，大徒弟的母親就已衝到了小桃樹旁邊，撲倒在地，兩隻手如覓食的老母雞一般在泥土上扒撥。才扒去兩三層泥土，一條褲腰帶便從泥土下面露了出來。大徒弟的母親頓時嚎哭了起來。

此時，大徒弟的父親完全相信了妻子的話，不，應該說是相信了那個黑衣人的話。他也情緒失控，撲倒在他兒子被埋葬的地方。

由於楊道士處理屍體的時間極短，所以沒來得及把大徒弟的屍體埋得深一些。大徒弟的父母很快就將變得僵硬的兒子搬出了坑。大徒弟的母親拼命地給兒子擦拭眼睛，一邊擦拭一邊哭嚎道：「兒啊！你眼睛裡進了泥土呀！會不會眼睛痛呢？媽媽幫你吹出來啊！我兒乖，媽媽就把泥土弄出來啊！」

她兒子的眼睛還是睜開的，可是眼眶裡已經被濕軟的泥土填滿，還有嘴巴和鼻孔。那樣子已經不像是一個人，而是像一個剛剛捏好的泥娃娃。

小徒弟見此情景，嚇得張大了嘴巴，卻怎麼也叫不出聲來。

楊道士從房間裡走到道觀後面來，看著那對可憐的夫婦抱著已經變冷的兒子拼命搖晃，心裡又悲痛又氣憤。

楊道士講到這裡的時候，已經哽咽不能成聲。當時我沒有在爺爺家，後來聽奶奶說，楊道士講到大徒弟的屍體被發掘出來，拳頭攥得嘎嘎響，臉色煞白煞白，幾次幾乎暈厥過去。奶奶連忙拿一條蘸了熱水的毛巾敷在楊道士的額頭上。楊道士這才緩過氣來，給爺爺奶奶講述後面的事情。

在爺爺和奶奶給我複述當時的情形時，我也幾乎窒息。不是因為恐懼那個婦女，而是實在急著知道是誰要這樣陷害楊道士。楊道士是專門給人家唸咒驅鬼的，爺爺雖然是一個典型的傳統的農民，但是他也經常做楊道士給人做的事。

如果有人刻意要這樣謀害楊道士的話，難保下一個被陷害的不會是爺爺。

那時，我甚至將《百術驅》的遺失，還有那個討要月季的乞丐，和楊道士這件事聯繫在一起。

巧的是，奶奶跟我的想法一樣，她也急著知道楊道士後面的事情。如果時間能夠倒流，我們倒該擔憂奶奶的身體健康了。那次年剛過完，奶奶就遭遇了一場劫難。那次劫難在很大程度上影響了爺爺。當然，那都是後話，等合適的時候再一一說明。

大徒弟的父母親挖掘到他們兒子的屍體之後，憤怒難當地將楊道士告上公堂。

楊道士沒有對自己做任何辯護，對失手殺死大徒弟而後偷偷掩埋的罪行一一供認不諱，也願意一命抵一命。他唯一的要求就是寬限他七天時間，由於他沒有子嗣，他用這七天時間來跟舊朋老友道別，並且安排好身後的事情。由於他的認罪態度很好，他的要求得到了允許。

他在即將過年的時候來爺爺家，就是要跟爺爺道別的，並且向爺爺道歉。因為他原來一直認為爺爺和姥爹都將一身的本事浪費了，一直從心底看不起爺爺和姥爹這樣的「懦弱無能」的人。而他在眾人的追捧中飄飄然，以為自己就是救世濟民的「神仙」，的確也有人開始叫他「楊半仙」了。可是沒有想到這樣的「神仙」卻被一個婦女不明不白地弄得身敗名裂。

「我不該這樣炫耀自己的。」楊道士痛苦地說道。

爺爺連忙道：「快別這麼說。蘿蔔青菜，各有所愛。我喜歡的生活方式只是跟你的不一樣而已。沒有對與不對，錯與不錯。」

楊道士連連嘆氣。

奶奶不服氣道：「楊道長，我說幾句不中聽的話，請你不要在意。」

楊道士語氣低沉道：「妳說吧！我以前疏遠了岳雲，是我的不對。我哪裡還能在意你們怎麼說我呢？」

奶奶搖頭道：「我不是要說你壞話。我的意思是，難道你就這樣等著七天結束？然後等待死刑執行？這件事這麼奇怪，而你自己是做這行的，為什麼不把事情弄清楚呢？難道你就讓那個婦女得逞嗎？」爺爺聽了奶奶的話，點頭不迭。

楊道士為難道：「我到哪裡去找她呢？既然她的奸計已經得逞，肯定不會再出現了。就算要出現，也是等我魂歸九泉以後了。唉……」楊道士無可奈何地搖頭。

爺爺摸了摸下巴，嗞嗞地吸氣，在屋裡來回踱步。

奶奶看了一眼爺爺，問道：「楊道長說得沒錯，她已經成功地陷害了楊道長。恐怕這段時間是不會再出現了。你來來回回地走什麼？難道你能想出什麼好辦法？」

爺爺側頭看了看門外，彷彿那邊有個什麼人走來似的。奶奶和楊道士都伸長了脖子朝相同方向望去，可是什麼都沒有看到。奶奶問道：「老伴，你看什麼呢？」

爺爺道：「我在想，如果我得罪了一個人，而那個人想要報復我，我不可能站在門口望著他來家裡給我一個道歉的機會。」

楊道士似有所悟，問道：「你的意思是她不會主動再來找我，我應該去找她。是嗎？」

奶奶立即搶言道：「都說了她不會再出現，找也不是白找嗎？」楊道士跟著點頭。

爺爺從口袋裡摸出一根菸來，捋了捋，道：「她不是說過她住在哪裡嗎？」

30

不待楊道士自己辯解，奶奶早已耐不住脾氣道：「你沒聽楊道士說嗎？那個婦女原本就是騙他的。李樹村那裡根本就沒這個人。你怎麼去找她？」

爺爺將菸放到鼻子前面嗅了嗅，道：「那個婦女不是也說了嗎？她說楊道長既然已經到了李樹村，那就離她家已經不遠了。她還問楊道長為什麼不多問問，她的家就在附近。」爺爺看了看楊道士，又看了看手中的香菸，遲緩地將香菸放回兜裡。

自爺爺將香菸掏出來開始，奶奶的眼睛就沒有離開過那根香菸。奶奶見爺爺收回了菸，這才側頭看了看楊道士。

楊道士見爺爺和奶奶都看著他，攤開雙手道：「我問過許多人了，誰也沒有聽說過叫李鐵樹的人。其實也不用問許多人，如果村裡有這個人，住在那裡的人難道會不知道嗎？你們說是不是？」

奶奶點點頭，爺爺則皺起了眉頭。

楊道士嘆氣道：「算了吧！雖然心裡不服，但是我不得不認栽了。」

爺爺立即打斷他的喪氣話，怒道：「楊道長，您這說的什麼話呢？有些鬼類，如果你放任它害人，它害了一個還會接著害下一個。你幫人家唸咒驅鬼這麼多年，難道連這個道理也不懂嗎？別人遇到了不好的事，請你去幫忙。如今你自己遇到了，怎麼反而沒了主意呢？可不是因為自己給自己辦事沒有錢收嗎？」爺爺說的最後一句可謂是他生平中說得最狠、最挖苦的話了。即使與對手鬼類說話，他也是罵則罵罷了，撫慰則撫慰罷了，幾乎不用挖苦的話。爺爺的平緩性格使他很難用心去挖苦別人。

而此時爺爺將「自己給自己辦事沒有錢收」的話說了出來，連我也分不清爺爺是為了對楊道士使用激將法，還是真的生氣了。

楊道士聽了爺爺的話，如被針刺了似的一驚。奶奶也是瞪圓了雙眼看著爺爺，彷彿面前這個人不是她跟著過了半輩子的老伴。

「既然它是一害，我們要嘛消除它的怨恨，要嘛將這一害除去。不可袖手不管。」爺爺揮著手道。

楊道士縮了縮身子，好像害怕爺爺似的，怯怯地說道：「我現在是泥菩薩過江，自身難保。哪裡還有能力去管別人呢？我知道那個怪物害人，但是不管怎樣，大徒弟確實是我親手殺死的，我負有不可推卸的責任。」

爺爺不滿地看了一眼身穿道袍、頭戴道巾的楊道士，冷冷道：「哦？你自己反正幾天之後逃不了死罪，所以你就放棄了？」

楊道士渾身一抖，聲音低得像蚊子嗡嗡道：「不是，不是這樣的……」

「那個婦女既然說出了李鐵樹這個人名，肯定有她的意思。我們不妨再去一趟李樹村。你覺得呢？」爺爺問楊道士道。爺爺的話剛說出口，奶奶的臉色便已經出現了不如意的表情，但她只是咂咂嘴，沒有把心裡的話說出來。

楊道士淡然一笑，笑得有些悲苦：「岳雲，謝謝你的好意了。我看我還是抓緊時間去跟老朋友道別，然後準備自己的棺材比較好。」

奶奶見楊道士自己都不願意，連忙幫腔道：「是啊！你就別插手了。人家自己都已經認了，你又何必從中作梗呢？」見楊道士的杯子裡沒有水了，奶奶急忙給楊道士添茶加水，殷勤得不得了。

爺爺道：「老伴，妳不知道。他說的李樹村離我們這裡其實不遠。在楊道長口裡，李樹村離他的道觀有三十多里路，但是李樹村的位置在他的道觀和我們這裡的中間，所以，李樹村離我們畫眉還算挺近的。」

說到李樹村的位置，我還是比較熟悉的。李樹村在楊道士的道觀和畫眉村之間，而我們常山村又在李樹村和畫眉村之間。因此，我家離李樹村的距離更近。

可是對奶奶來說，她的腳步到過的最北邊的地方就是我家，到過的最南邊的地方就是她的娘家洪家段。所以她不知道李樹村在哪裡是情理之中的事情。

奶奶極不情願地「哦」了一聲，把最後一線希望寄託在了楊道士身上。

楊道士拿起奶奶倒好的茶水，細細地喝了一口，偷偷覷了爺爺一眼，只見爺爺臉色滿是焦急之色，頓時心生感激道：「那好吧！我看是沒有希望了。不過既然你這麼熱心，我就帶你去一趟吧！」

在奶奶跟我講起這段事的時候，她又是生氣又是好笑地說：「本來是楊道士要來求你爺爺的，現在倒像是爺爺求著楊道士，楊道士擺架子極不情願才答應。平常就算你爺爺花了精力幫了別人，至少別人是求著拖著他去的。可是在楊道士這件事情上，情況怎麼就變成這樣了呢？亮仔，你說我心裡能不氣嗎？」

我只好勸慰了奶奶一番，道：「事情都已經這樣了，換了是我，我也會像楊道士那樣消極呢！」

奶奶點頭道：「你爺爺和那個楊道士又是故友，我在旁不好發脾氣。他們一起出門時，我還不能攔。」

由於奶奶不好意思阻攔，爺爺和楊道士順利地出了門，趕往李樹村。

由於他們兩人都上了年紀，走路已經不像年輕人那樣快，而爺爺不但遭受反噬作用的折磨，在楊道士來之前還幫馬巨河忙了一陣，身體已經有些吃不消了。他們倆直到太陽落山才趕到李樹村。

31

他們看見路人便問附近有沒有名叫「李鐵樹」的人家。結果可想而知。

楊道士攤開雙手道：「你看，這裡真的沒有叫李鐵樹的人。那個婦女本來就是為了騙我的，怎麼會說一個真名字呢？」

爺爺環顧四周，見一位老農扛著一把鋤頭正從水田裡上岸，忙走過去詢問道：「您好，我想問問，你們這裡有沒有一個名叫李鐵樹的人？或者……這裡曾經有沒有過一個這樣的人？」楊道士見爺爺去問別人，只好快快無力地跟在後面。

那位老農將被水浸成薑黃色的腿從水田裡拔出來，一邊捏著被凍得麻木的腳趾，一邊回答道：「我在這裡生活了六十多年，從來沒聽說過李鐵樹這個人。」

爺爺給老農遞上一根菸，摸了摸口袋，沒有帶火柴，便笑道：「您看看我這記性，帶了菸忘了帶火。」

老農笑了笑，正準備將香菸夾到耳朵上。楊道士走上來，從腰間掏出一個黃紙，然後將黃紙捲成一卷，用中指在黃紙卷上彈了三下。「哧」的一聲，黃紙卷的頂端竄出了暗紅色的火苗。楊道士將黃紙卷遞給老農。

老農眼前一亮，驚喜道：「您是道士？是不是畫眉村的那個道士？」

楊道士尷尬道：「我是道士，但是我不是畫眉村的。畫眉村的道士是給你菸的這位。」

爺爺連忙擺手道：「這位才是道士，我是畫眉村的，但不是什麼道士。」

老農點燃了嘴上的香菸，道：「你們倆這樣說來說去，說得我更加糊塗了。不過我見你能隨身帶著符咒，我就肯定你是道士了。哎呀，我的眼睛有些白內障的毛病，看人看不清楚。等你走到我面前了，我才發現您身上穿的是道士服呢！」

老農一把拉住楊道士，手有些顫抖，激動道：「您來了就好了。我正想去找您呢！我想問問您，一個女人如果沒有跟男人做過那種苟且的事情，她會不會懷孕？」

楊道士啞然。一是因為他本來是詢問別人的，沒想到別人反而來問他問題；二是這位老農的問題十分古怪。

爺爺笑道：「您問這個做什麼呢？誰都知道，男女之間如果沒有那個事的話，是不能繁衍後代的。您連這個都不知道嗎？還非得找個道士來問？」

老農擺擺手中的菸道：「咳，我知道我問別人，別人都會這麼說。所以我想找個道士來問問。沒想到你們也是這樣回答。」從菸頭冒出的煙霧隨著老農的擺動在空氣中畫出一個問號來。

楊道士竊竊拉住爺爺的袖子，輕聲道：「我們問的這個人恐怕是個精神不正常的人吧？走，我們還是回去吧！看樣子是問不出什麼來了。」

爺爺卻不理會楊道士，仍舊滿臉堆笑問道：「您既然知道別人都會這樣回答，那您為什麼還非得找我們問呢？您是不是遇到什麼事了？」

那位老農長長地嘆了一口氣道：「我那個孫女不聽話，做了丟臉的事……」

他的話一說出，爺爺和楊道士就知道這位老農煩的是什麼事情了。

那位老農又道：「我不相信我的乖孫女會做這樣的事情，她十八歲都不到哇，怎麼會變壞呢？我就問她，是不是受了什麼人的誘惑，或者是自己犯了錯。她堅持說沒有。可是她精神恍惚，動不動就想吐，越來越喜歡吃原來碰都不碰一筷子的酸菜。眼看著她的肚子也漸漸大了起來，原來的衣服穿著都有些緊了。現在只有我們自家人知道，但是過了年，那肚子肯定就藏不住、掖不住了。所以我想找個道士問問，一個女人有沒有可能不跟男人那個的情況下也懷上孕。你們既是外來人，又是助人為樂的高深道士，我就不妨說給你們聽聽。」

爺爺點點頭，對老農的信任表示感謝，然後道：「也許是你孫女不想將那個男人說出來吧？」

那位老農一愣，道：「難不成我孫女喜歡上的是一個有婦之夫？」

爺爺勸道：「您不要胡思亂想。您多給您的孫女勸說，也許她就肯說了。」

未等爺爺將勸人的話說完，那位老農彈了彈菸灰，底氣十足道：「不會的，我孫女前段時間還問我，男人和女人為什麼非得結婚。她連這個都不懂，怎麼會做那些苟且的事呢？我相信我孫女沒有跟人做過那些事。」

楊道士聽了老農的話，忍不住笑出聲來，暫且忘了自己的心頭事。楊道士悄悄對爺爺道：「還相信呢！肚子都已經大了，能不是跟別的什麼人做過那事嗎？」

老農一本正經道：「真的，我孫女不是那種人。」

爺爺對那位老農道：「您這事我們暫時幫不上什麼忙。時候不早了，我們還要去找李鐵樹，您也早些回家吧！回家了多勸勸您孫女。」

因為還是沒有得到任何有用的消息，爺爺和楊道士打算就此打住，各自回家算了。

他們走到村頭分岔的地方，正要分道揚鑣，未料剛才那位老農從後面追了上來，雖然距離只有五十多米，但是他仍大聲嚷道：「前面兩位是不是剛才的兩位道士？」

可見他的視力確實差到了一定的程度。

爺爺後來回憶道，那位老農快撞到楊道士的鼻子時，才將他們認出來。

「幸虧你們還沒有走遠。」老農拉住楊道士的道袍，喘氣不已。

楊道士不耐煩道：「您是不是還要問您孫女的事情？」

老農搖頭，指著爺爺道：「剛才他說要找一個名叫李鐵樹的人，我確實不認識。但是他臨走前說你們還要去找李鐵樹，我馬上就想起來了。」

楊道士又好氣又好笑：「您的意思是，李鐵樹那個人你不認識，但是你知道李鐵樹？」

32

老農一本正經地點頭道：「對呀！叫李鐵樹的人我確實不認識，但是李鐵樹我還是知道的。我們村裡有一棵鐵樹，在那邊山底下。」老農反過身來指著不遠處的一座高山。

「哦？」爺爺眼前一亮。

老農又說：「奇怪的是，挨著那棵鐵樹還長著一棵李樹。李樹和鐵樹之間的間隙還不夠插進一個手掌。我從來沒有見過兩棵樹長得這麼近。有的人就戲稱那兩棵樹叫做李鐵樹。所以你們問人家一個名叫李鐵樹的人，別人當然不知道了。」

「原來這樣！」楊道士驚叫道，「難怪那個婦女說我已經走到了她家附近呢！」

「哪個婦女？既然她家在附近，為什麼不直接告訴你呢？」老農不解道。

楊道士擺擺手道：「沒……沒什麼事。謝謝您了！」

老農又道：「奇怪的是，今年那鐵樹居然開了花。村裡人都說奇怪呢！因為自從發現這棵樹後，還沒有人見過它開花呢！我記得陳毅將軍在《贛南游擊詞》裡說過，大軍抗日渡金沙，鐵樹要開花。沒想到我還能看見鐵樹開花。」後來我知道這個老農參加過紅軍，爬雪山，過草地，他都參與過。所以他能記得陳毅將軍的詩詞並不奇怪。

楊道士急忙道：「您能不能帶我們過去看看？」

爺爺卻打斷楊道士的話，道：「您告訴我們怎麼去那裡就可以了。您眼睛不好，還是早點回家吧！晚了容易摔跤。」

那位老農給爺爺和楊道士指明了道路，便巍巍顛顛地離開了。

楊道士埋怨道：「你何不讓他帶我們去呢？我們自己去找豈不是很麻煩？」

爺爺道：「首先，他眼睛不好，晚回去家裡人免不了擔心。其次，對那個害你的婦女來說，他是個陌生人，如果他也去了，說不定那個婦女不想見你。所以，還不如我們倆自己過去的好。」

楊道士訕笑道：「還是你考慮得周全。」

走過了十多條田埂，躍過了十多條水溝，經過一塊荒草地，繞過三、四個饅頭墳包，爺爺和楊道士終於找到了那棵「李鐵樹」。

爺爺一邊走一邊嘆氣。

楊道士禁不住問爺爺道：「您怎麼老嘆氣呢？有什麼鬱結的事嗎？」

爺爺抬頭看了看周圍的環境，道：「我是在為這塊風水寶地嘆氣呢！」

楊道士經爺爺一提醒，也看了看周圍的山和水，草和木。然後他點點頭道：「不仔細看還不知道，細細一看，發現這裡真是一塊風水寶地呢！」話說完，楊道士看了看剛剛走過的幾個墳墓，讚揚道，「這幾家選墳地的人挺有眼光的。」

楊道士停下腳步，按了按太陽穴，瞟了一眼爺爺，狐疑地問道：「既然是塊風水寶地，你嘆什麼氣呢？是不是嘆息畫眉村那裡找不到這樣好的風水寶地？」像爺爺這一輩的人，互相之間討論將來的後事已經毫不忌諱了。所以楊道士說的話並無不敬。

爺爺笑道：「你只看這附近的地形，當然就會以為這真是一塊風水寶地了。但是你看看我們走過來的那條路。」爺爺扶住楊道士的肩膀，指著他們倆走來的方向。

楊道士看了看，問道：「我們走來的路怎麼了？」

爺爺道：「這山被四周的水田困住，唯有一條出路就是我們走過來的那條田埂。可是田埂又細又窄，攔路的水溝就有十多條。你說，這塊風水寶地可不是浪費了嗎？」

楊道士狠狠地拍了一下後腦勺，恍然大悟：「果然！哎，我只看了這山上樹木茂盛，臨水擋風，地勢不錯。沒想到這條出路卻將聚集起來的『氣』堵住了。『氣』不通，就如捂住人的口鼻，過猶不及了！哎，真是浪費了！這樣的風水寶地非但不能成為有用之地，物極必反，反而會變成晦氣之地。」

爺爺笑道：「正是。」

這時，一陣風吹了過來。山上的樹沙沙作響。可是爺爺和楊道士的臉上卻感覺不到半點風，連衣褲都未曾抖動半分。再看看地上，從他們繞過的那幾座墳地起，後面的草都靜靜的，絲毫不動。而墳地前的草卻翩翩起舞。

楊道士望了爺爺一眼，臉色極為難看。

爺爺寬慰地拍拍他的肩膀，道：「所有的好都有可能變成壞，但是所有的壞也有可能變成好。它既然用了心來害你，肯定是對你有什麼怨念。你不用害怕，解開這個怨結或許就好了。」爺爺將楊道士護在身後，腳步輕輕地靠近「李鐵樹」。

從爺爺的這個角度看過去，那兩棵樹果然長得很奇怪。一棵李樹跟一棵鐵樹挨得極近。由於李樹的主幹不明顯，分枝特別多，而鐵樹主幹雖然明顯，但是葉片寬大，所以兩棵樹以極其糾結的姿勢靠在一起。看上去就如兩個相互懷著敵意的人，卻偽裝著善意，以非常生硬的姿勢擁抱在一起。這樣靠在一起的兩棵樹，人只要看一眼就會覺得渾身難受。

楊道士第一眼看見這棵「李鐵樹」的時候，忍不住打了寒顫。爺爺也愣了一愣。

後來據楊道士回憶，他說他一時間彷彿看到那棵「李鐵樹」變成了那個早晨的怪物，作勢要向他撲來。而爺爺說，他當時想起了姥爹保存已久的許多古書被火焰吞噬的情景，臉上頓時感覺一陣火辣，彷彿姥爹在他臉上摑了耳光。

天色更加暗了，天際已經出現了寥寥幾顆星星。不遠處的李樹村裡響起了一個母親呼喚貪玩的孩子回家的聲音。那個聲音清脆而悠長，浸潤著這個傍晚的空氣，給清冷的傍晚增添了一點點溫暖的意味。

33

楊道士戰戰兢兢地圍著「李鐵樹」走了兩圈，神情不太自然地問爺爺道：「這個……莫非就是那位老農說的『李鐵樹』？」他伸出手來，猶豫不定地摸了摸李樹，又摸了摸鐵樹。驚訝之情溢於言表。

爺爺知道楊道士因為緊張才明知故問，便不答理他，默默地從上到下看了一遍這兩棵挨在一起的樹。

楊道士收回手，眨了眨眼，問爺爺道：「我們已經找到李鐵樹了，可是如果那個婦女不出來，我們不還是白忙了嗎？」

爺爺揉著眼角，彷彿剛才打量這兩棵樹是十分費力的事情。聽了楊道士的疑問，爺爺放下手來，輕輕嘆了口氣，側了頭看了楊道士半晌。

楊道士不知道爺爺為何用那種說不清意味的眼神看著他，頓時有些手足無措，心慌意亂。他鼓起勇氣問道：「你看我幹什麼？我有什麼好看的？」他一邊說一邊不自覺地往後退步，似乎害怕爺爺突然猛撲過去。他的擔心不無道理，因為那個倒楣的早晨，那個婦女就是突然之間變臉，朝他猛撲過去的。此時此地，他沒有理由不多個心眼。

爺爺收回目光，微笑道：「你找到了人家的房子，但是不敲門，人家怎麼知道你來了呢？」

「敲門？」楊道士一愣，「這裡就兩棵樹，哪裡來的門？」

爺爺笑道：「既然沒有門，那叫兩聲人家的名字總可以吧？這樣就可以把屋裡的人叫出來了。你試試。」

楊道士狐疑地看了爺爺半天，不可置信道：「你是不是……是不是出了點問題？這裡屋都沒有，怎麼叫屋裡的人？」他慢慢地走到爺爺身前，伸手作勢要摸爺爺的額頭，兩條腿還是戰戰兢兢的，如篩糠一般。

爺爺拿開楊道士的手，正色道：「我沒有問題，只是看了這樹心裡莫名其妙地忐忑不安，一顆心像懸起來了一樣。感覺有什麼不好的事情要發生，但是我猜不到會發生什麼事情。難不成我老伴在家裡不舒服了？」

「不會的，我們出來的時候她還好好的。就算感冒發燒，也要吹涼風淋冷雨嘛！不要多心。」楊道士嘴上勸著爺爺，眼睛卻往兩棵樹身上瞟。

爺爺點頭道：「也許吧！你叫一下那個婦女。或許她就在這裡等著你呢！」

楊道士撓撓頭，道：「我還不知道她的名字呢！」

爺爺咂咂嘴，道：「你叫李鐵樹就可以了。」

楊道士還是半信半疑，但是他細聲細語地叫起了「李鐵樹」，一連叫了三聲。

叫完，他回過頭來看爺爺，道：「你看，這不是沒有效果嗎？你就別耍我了。我們還是回去吧！」

他的話剛說完，他們倆就聽見樹後一個女人的聲音傳來：「這麼晚了，是誰在叫我家男人的名字呢？」

爺爺和楊道士立即面面相覷。

楊道士平時驅鬼唸咒毫無懼色，但是聽到這個聲音後立即嚇得渾身一軟，拉住爺爺的手道：「就是她！就是她！就是這個聲音！」他的手立時變得冰涼，如同死人一樣。爺爺的手如同捂住了一塊散發寒氣的冰。

許多事情都是這樣，發生在別人的身上時，自己可以毫無懼色。但是一旦事情降臨在自己的頭上，立即就會嚇得兩腿發軟。楊道士正是這樣的人。而爺爺幾乎沒怎麼考慮那個女人的聲音，心裡一陣陣的難受，不是反胃那種難受，而是好像失去了什麼似的那種難受。

在向我複述楊道士的事情時，爺爺還是沒有弄清楚當時他為什麼那樣難受，知道奶奶出事後，他最終明白了那是一種不好的預示。而在當時，他怎麼也猜不透其中的意味。

楊道士見爺爺一副心不在焉的模樣，更是失了主意，大叫一聲：「馬岳雲，你倒是替我出主意呀！」

在我們那個地方，如果晚上遇見熟人，是不宜連名帶姓直呼別人的，那樣容易將人的魂魄叫離身體。

奇怪的事情果然發生了！楊道士看見另外一個「馬岳雲」從爺爺身體裡走了出來。而爺爺硬生生地站在原地，保持一副思考的模樣，也許他還在揣摩心裡那個奇怪的感受。從爺爺身體裡走出來的「馬岳雲」朝楊道士笑了笑，但是立即抬起手來擋住眼睛。一股強烈的光芒照在了「馬岳雲」的身上。

楊道士一驚，立刻明白是自己一時口誤，將馬岳雲的魂魄叫了出來。而「馬岳雲」擋住眼睛，是因為他的道袍上有個八卦。他連忙低頭去解開衣裳，將八卦拆開來。

可是對面的「馬岳雲」還擋著眼睛，楊道士這才發現那道光芒不是從自己身上發出來的。

他心中一慌，急忙循著光芒看去，只見另外一個人站在「李鐵樹」旁邊，嘴巴微張，也是一動也不動。他原以為他看見的那個人會是一個女人，是他先前見過的那個女人。

如果真如他所料的話，他會驚得渾身一麻，而後立即恢復知覺。因為那個女人出來得雖然突然，但是也是出於意料之中的事。可是當看清那個人的模樣後，楊道士驚得嘴巴張成了標準的圓形，身體堅硬如石頭，連根手指頭都動不了。

那個站在「李鐵樹」旁邊的人根本不是一個女人！而是一個男人！那個男人，沒有誰比楊道士更為熟悉！

34

那個人，就是他自己！

而照在「馬岳雲」身上的那道光芒，正是從那個人的道袍上發射出來的。

原來不只是馬岳雲，他自己也早在不知不覺中離開了自己的身體，也許就在對「李鐵樹」叫名字的時候發生的。

還不等楊道士從驚異中走出來，那個女人的聲音再次響起：「是你嗎？你終於還是來找我了？」緊接著，那個曾經找過楊道士的婦女從樹後走了出來，嘴角掛著一絲冷冷的笑，腳步輕盈。

爺爺用手擋住那道強烈的光芒，瞇著眼睛去看那個婦女。婦女也發現了還有一個人在場，笑道：「原來畫眉村的馬師傅也來了呀！前陣子我還見過你父親呢！哦，不對，應該是幾年前的事情了。」

奇怪的是她不怕楊道士身上發出的光芒，絲毫沒有躲避的意思，從容不迫。風從山頭上颳過，這棵樹的周圍仍然安安靜靜。

楊道士結結巴巴道：「原來……原來你們兩個認識？」

爺爺怕他亂想，慌忙解釋道：「她認識我，但是我不認識她。」

楊道士急忙問那個婦女道：「我跟妳無冤無仇，妳為什麼要逼我到這個地步？妳知道嗎？幾天之後我就要一命抵一命啦！我哪裡得罪過妳？妳叫我來李樹村，我也來過了。找不到妳不是我的錯，我和這位馬師傅也是問了許多人才偶然知道妳在這裡的。這事不能怨我啊！」楊道士攤開雙手，做出一副無辜的模樣。

婦女朝一副可憐相的楊道士看了看，從鼻子裡哼出一聲。

楊道士緊緊相逼道：「我一輩子就為人唸咒驅鬼，從來沒有做過虧心事，我問心無愧。妳為什麼要害我呢？」

婦女怒喝道：「你不就是為了錢嗎？如果人家不給你錢，你願意給人唸咒驅鬼嗎？哼，說得好聽。問心無愧？我想你該有愧才是！我的丈夫和兒子都被你弄死了，你知道嗎？」婦女的兩隻眼睛幾乎要跳出眼眶，砸到楊道士身上去。

楊道士到底是底氣不足，連連後退好幾步。

婦女更加湊近楊道士，怒不可遏道：「你口口聲聲說是為了幫別人，你到底還是為了錢吧？你就是為了錢才將我丈夫和兒子殺死的！你這個可惡的道士，你現在的下場是應該的，還有臉來找我？」

楊道士著急道：「妳……妳……」

婦女毫不退讓，叉著腰道：「我怎麼啦？我丈夫侵犯了你們，你們可以害死他；現在你侵犯了我的家人，我為什麼不可以害死你？我就是要讓你痛苦！要讓你知道被整的滋味！」

楊道士乾嚥一口，說不過這個婦女，忙將求救的目光投向一旁的爺爺。

婦女一眼就看出了楊道士的心思，厲聲道：「你不要求他，他知道善有善報，惡有惡報。他前陣子還幫畫眉村裡人治過恐嬰鬼，前世做的壞事，今生還要乖乖地還債。他是不會幫你的。」看來她不但非常瞭解楊道士，還很瞭解爺爺的事情。

婦女又罵道：「人家口口聲聲叫你半仙，你算什麼半仙？你夠資格嗎？如果你是真心誠意幫別人的忙，那我沒有抱怨的話講。我丈夫和兒子那是應得的下場，可是你整死他們，只是為了幾袋米錢。我的丈夫和兒子是罪有應得，那你也應該一樣罪有應得！為什麼偏偏我丈夫和兒子受了報應，你卻活得逍遙自在？」

「所以你就要陷害楊道士？」爺爺終於插進一句話來。

見爺爺突然發話，婦女愣了愣。

「這有什麼不對嗎？」婦女問道。

爺爺嚅了嚅嘴，緩慢地說道：「那麼，楊道士的徒弟被你害死了，我是不是應該讓妳罪有應得呢？」

婦女呆了一呆。

爺爺又道：「當然，我知道，妳是因為心裡不服氣才這樣做的，情有可原。但是妳有沒有想過，楊道士的徒弟被妳整死應不應該？冤冤相報，何時是個盡頭？」

她顯然沒有想到這一點，聽了爺爺的話，啞口無言，神情也由憤怒變得黯然。楊道士慌忙躲到爺爺的身後。又是一陣風吹來，爺爺腳底下的荒草搖曳不定，爺爺也感覺到臉上有絲絲縷縷的涼意掠過。頓時，爺爺感覺心中那種難受的感覺似乎沒有先前那麼明顯了。爺爺抬起頭來，發現李樹和鐵樹也隨風顫動。樹梢上不知何時出現了一彎明月。

婦女低頭沉吟了片刻，有氣無力道：「其實我沒有害死他的徒弟。他的徒弟還活著，就躺在他的床底下。」

楊道士驚訝不已，急問道：「他沒有死？那我埋掉的是誰？他父母抬走的又是誰？」楊道士的大徒弟挖出來後，被他父母領回去埋了。雖然當時他的腦袋裡混亂如一鍋粥，但是他清楚地看見大徒弟蒼白的手在擔架上來回蕩悠，如一條死去的蛇。而被他捅傷的地方，還有殷紅的液體不斷滲出來。

爺爺反手打了楊道士一下，示意他不要這麼急躁。楊道士立即停住了詢問，兩眼發直地看著那個婦女。

婦女似乎有些累了，低聲道：「反正我沒有害死你徒弟。你回道觀裡的床底下看看就知道了。」說完，她也不多看爺爺和楊道士一眼，兀自走到「李鐵樹」後面去了。

楊道士著急了，從爺爺身後跳了出來，卻又不敢跟著那個婦女走到後面去，只是聒噪不已：「喂，我好不容易找到妳，妳怎麼能走呢？萬一床底下沒找到我徒弟，那我怎麼辦？」

35

爺爺勸道：「她既然能害你到這個地步，又何必多花心思來騙你，我們還是走吧！」

楊道士「咦」了一聲，見樹後再無動靜，便躡手躡腳地走了過去。可是樹後已經空無一物，那個婦女也不知道到哪裡去了。

爺爺和楊道士又等了許久，再也不見那個婦女出來。他們便回到李樹村前的岔路上，然後分道揚鑣。

兩人分開之後，楊道士急匆匆地往自己的道觀方向奔跑。而爺爺朝相反的方向走了不遠，就著影影綽綽的月光，發現前方站了一個人。那個人在爺爺的歸途當中來回徘徊，似乎正等著某個人的到來。

楊道士回到道觀後，果然在床底下找到了他的大徒弟。可是他的大徒弟卻變得傻傻的，見了楊道士也不知道叫一聲「師父」，只是頗有興致地玩弄著自己的幾根手指頭。

大徒弟的父母得知消息，急忙趕到道觀來。雖然他們的兒子已經傻了，但是他們已經無法叫楊道士抵命。

大徒弟的父母挖開之前的墳墓，發現棺材裡擺著一截乾枯的桃樹枝。

自此之後，楊道士再也不為人唸咒驅鬼，全心撫養大徒弟，潛心唸誦經書。過了年之後，楊道士託人將他的道服和七星劍等物件送到了爺爺家。爺爺接受了，但是一直存放在樓角上，從未動用過。

直到我上了大學之後，聽說了楊道士仙去的消息，而媽媽告訴我說，爺爺將那些道袍和七星劍等送回了道觀，那些東西也跟楊道士一起入土為安。

爺爺和楊道士最後一次見面的那個夜晚，爺爺在回家的路上又碰到了告訴他們「李鐵樹」的老農。

爺爺說，他別了楊道士之後，就腳步匆匆地往我家的方向走。他明白，當時時間已經很晚了，最好在我家住一晚。如果趕回去，難免半夜吵醒奶奶的睡眠。而反噬作用讓他的身體極其容易疲憊，他自知身體如一臺使用過久的機器，各個部位已開始老化。

爺爺就是經常這樣跟我說的：「你爺爺的關節和骨頭都開始老化啦！就算是玉石，年代久了還是會變成黯淡無光的塵土，何況是你爺爺我呢？」爺爺這樣說的時候語氣輕快，沒有半點消極的情緒。他對衰老、死亡的超然態度很讓我驚訝。

而我爸爸的母親，我真正要叫做「奶奶」的人，她在離世的時候痛苦不已，再三請求老天給她三年時間。媽媽說，奶奶想把我帶大了再離去。可是最後老天沒有讓奶奶如願。

所以，雖然我的腦海裡根本沒有奶奶的印象，但是每想到此，就會感嘆神傷，許多消極的念頭湧上心頭。雖然爺爺現在還在世，我也希望他長生不老，但是隨著人的長大，親人的離去總是不可避免的，就像時間要流逝那樣不可阻擋。假設爺爺離世之後，我想我在以後想到他的時候，至少沒有想到奶奶那樣的黯然神傷。

兩個人對待生死的不同態度，給後人的影響也是不同的。當然了，任他們怎樣持著自己的態度，他們都沒有錯。錯都只在我們後輩人，沒有多多用一些時間陪伴他們，沒有多用一些心思去理解他們。

爺爺當然不會知道我的這些想法。在他給我講述楊道士的事情，還有後來的老農的孫女無緣無故懷孕的事情時，已經離除夕只有一兩天的時間了。

那時我剛剛放假從學校回來了。媽媽叫我提了幾塊臘肉、一隻燻雞到畫眉村送年禮。送年禮是我們那個地方的一種習俗。出嫁的女兒每到除夕之前，都要送一些過年用得著的東西給娘家。有的送臘肉，有的送年貨，有的則直接送些錢。

我一到爺爺家，就纏著爺爺給我講我沒有參與的關於楊道士的事情。爺爺給我複述的過程中自然無法避免提到那個老農。於是，我又強迫爺爺給我講老農的事情。

爺爺說：「你總得讓我先把你送來的禮物掛到房樑上去吧！」

爺爺說的房樑，是正對著火灶的一根橫樑。火灶裡冒出的稻草煙，已經將那根橫樑燻得黝黑黝黑。新鮮的豬肉掛在那根橫樑上，經過經日曆月的煙燻，慢慢變黃變乾，像翻過的舊日曆一樣。等到過年之前的幾日或者更早，那些新鮮的肉就變成又香又爽口的臘肉了。

爺爺家的房樑上綁了許多貓骨刺。那是防止老鼠偷吃臘肉的方法之一。貓骨刺的刺尖尖銳而堅硬。在跟著爺爺對付剋孢鬼的時候，我曾被刺過。小時候幫爺爺放牛，我也曾被它刺過。被那種刺刺過之後，不但有刺痛的感覺，還有瘙脹的感覺，滋味十分難受。

爺爺說，老鼠被它刺過之後，一般都會很長記性。

我家的房樑上沒有綁貓骨刺。爸爸用一個篼箕（在講篼箕鬼的時候提到過，這裡就不再解釋啦）扣住懸掛著的臘肉，藉以阻擋老鼠的偷食，可是篼箕往往會被老鼠咬壞。

爸爸也知道爺爺家用的是貓骨刺，可是爸爸不敢去後山上砍貓骨刺，怕被那種堅硬的刺刺到。爺爺每年燻臘肉之前都去山上砍貓骨刺，除了特別不小心之外，從來沒有被刺到過。

爺爺搭了一個小凳子，蹬了上去，一邊掛臘肉一邊對我說：「亮仔，那些鬼跟這些貓骨刺一樣，如果你跟它來硬碰硬，即使你贏了，你也會被刺得不行。做什麼事情都要講究方法，掌握了訣竅，你不但不會被刺到，它還可能幫你的忙。」

我不知道爺爺這麼說是暗示著楊道士，還是寓意著即將給我講述的老農，抑或是老農的孫女。

湖南同學伸了一個懶腰，道：「今晚的故事，就到這裡吧！」

一位同學道：「現在有些醫生跟你說的楊道士一樣，雖然醫術高明，也算是『救死扶傷』，但是見錢眼開，利慾薰心，藥不選最好的卻選最貴的，手術不做最合適的卻做最賺錢的，吃回扣、拿紅包等現象已經司空見慣了，這些人也應該得到懲治。」

另一同學搖頭道：「哎，都是金錢惹的禍啊！」

湖南同學笑道：「金錢本無辜，若一味過貪，就會百孽叢生。」

國家圖書館出版品預行編目資料

荒山妖塚／童亮著.
——第一版——臺北市：字阿文化 出版；
紅螞蟻圖書發行，2015.11
面　公分——(每個午夜都住著一個詭故事；10)

ISBN 978-986-456-003-5（平裝）

857.63　　104009265

每個午夜都住著一個詭故事 10
荒山妖塚
作　者／童　亮
發行人／賴秀珍
總編輯／何南輝
執行編輯／韓顯赫
美術構成／Chris' office
校　對／楊安妮、朱慧蒨
出　版／字阿文化出版有限公司
發　行／紅螞蟻圖書有限公司
地　址／台北市內湖區舊宗路二段121巷19號（紅螞蟻資訊大樓）
網　站／www.e-redant.com
郵撥帳號／1604621-1　紅螞蟻圖書有限公司
電　話／(02)2795-3656（代表號）
傳　真／(02)2795-4100
登記證／局版北市業字第1446號
法律顧問／許晏賓律師
印刷廠／卡樂彩色製版印刷有限公司
出版日期／2015年11月　第一版第一刷

定價 160 元　港幣 54 元

ISBN 978-986-456-003-5　　Printed in Taiwan